우리 어멍 또똣한 품,

서귀포 바다

우리 어멍 또똣한 품, 서귀포 바다

2007년 7월 25일 초판 1쇄 발행
지은이 강영삼

펴낸이 이원중 책임편집 조현경 디자인 이유나 출력 경운출력 인쇄 · 제본 상지사

펴낸곳 지성사 출판등록일 1993년 12월 9일 등록번호 제10 - 916호
주소 (121 - 829) 서울시 마포구 상수동 337 - 4 전화 (02) 335 - 5494~5 팩스 (02) 335 - 5496
홈페이지 www.jisungsa.co.kr | blog.naver.com / jisungsabook 이메일 jisungsa@hanmail.net
편집주간 김선정 편집팀 류선미, 조현경, 임소영, 이유나 영업팀 권장규

ⓒ 강영삼 2007

ISBN 978 - 89 - 7889 - 155 - 4 (03810)

이 도서의 국립중앙도서관 출판시도서목록(CIP)은 e-CIP 홈페이지(http://www.nl.go.kr/cip.php)에서
이용하실 수 있습니다.(CIP제어번호: CIP2007002083)

우리 어멍 또돗한 품, 서귀포 바다

강영삼 지음

1960년 서귀포_ 박성배

 지성사

바다와 삶의 바다에서 버디가 되어준
아내 허인순(NAUI 구조다이버)에게
이 책을 바친다.

예촌망
쇠소깍
소금막
효돈
보목
구두미
섶섬
검은여
문섬
서귀포 시내
새섬
외돌개
가린여
범섬
범환포
새끼섬

서귀포 앞바다

차례

새끼섬_고순철

어느 봄날에 _ 프롤로그

해송_ 강요배

한라산의 봄_ 강희정

한라산에는 온갖 나무와 들꽃이 자라고 피었다.
섬 안에 맹수가 없었듯이 우리를 해칠 것은 아무도 없었다.
좁은 땅은 거칠고, 물부터 시작해서 모든 것이 귀했다고 하나 진정 평화로웠던 곳.
부족함 속에서 만족하며 땅과 바다 위에 굽어서 부지런하게 일했다.
모두가 한 **올래** 속에서 대문도 담장도 없이 살았다.
거만한 것도, 질투도, 꾸밈도, 부끄러움도 없었던 사람들은
파도치는 바다 밭에서 지느러미 놀리는 **어랭이**처럼
돔박낭 사이에서 오가는 **생이**처럼 부지런하게 삶의 날개를 저었다.
그리하여 **빌레** 위에서도 바람을 이기는 찔레처럼 하얀 꽃을 피웠던 것이다.

올래 : 집의 입구, 어랭이 : 잡어(雜漁) 종류, 용치놀래기, 돔박낭 : 동백나무, 생이 : 새, 빌레 : 암반

새섬의

연두색 수풀이 눈앞에 펼쳐졌다. 깨끗한 바위를 적시는 푸른 바다와 배들이 시야에 들어오고, 쌍돛을 단 풍선風船이 저 멀리서 미끄러진다. 어머니 저고리처럼 눈부시게 하얀 돛을 단 배.

꿈이었다. 사십여 년 전 서귀포항 인접한 언덕 위에서 자란 나에게 그 꿈은 그리움으로 다가왔다. 서귀포 시가지에 가려서 바다는 보이지 않는다. 대신 뒤쪽의 창을 열었다. 여유 있게 앉아 있는 한라산 위로 평화롭게 구름들이 걸려 있었다.

제주도가 한라산이며, 한라산이 제주섬 전체라는 사실이 먼바다에서만 느껴지는 것은 아니다. 목포나 부산에서 배를 타고 오다가 솔박(소나무를 파서 만든 길쭉한 바가지) 같은 한라산이 보이면 거기부터 제주 바다라는 생각에 거친 물결에도 마음이 놓인다. 또 섬의 어느 구석에서 살더라도 한라산의 정기를 느끼며 평생을 사는 것이 제주도 사람이다.

한라산의 남사면을 두 쪽 낸 듯한 계곡을 '산벌른내'라고 하는데, 그곳이 서귀포 동쪽 경계인 효돈천孝敦川의 근원이다. 또 정남쪽으로 흘러 서귀포를 가로지르는 맑고 시원한 물을 '선반내'라 부르는데, 선반내는 천지연폭포에서 곤두박질하여 서귀포항에 이른다. 난대 상록수림이 우거진 천지연 계곡이 바다에 닿는 동쪽 언덕이 그 당시 서귀포의 중심지였는데 소나무가 많아 솔동산이라 불렸다. 시가지가 커지면서 자연스럽게 시내의 중심지는 산 쪽으로 이동하였다.

서귀포 시가지와 바다

그러나 지금도 송산동松山洞이란 이름으로 그 흔적이 남아 있다. 집과 한 구역 떨어진 서쪽에는 단추 공장이 있었는데, 재료인 소라껍데기가 뜰에 산더미처럼 쌓여 있었다.

계단이나 비탈길을 따라 언덕을 내려가면 서귀포 부두였다. 그 건너편에 폭낭(팽나무)이 우거져 있고 거기에 당집이 있었다. 그 나무들은 벼락을 맞은 적도 있으나 아직까지도 남아 있다. 더 가면 백회白灰가루를 만들기 위해 소라껍데기를 태우는 곳도 있었다. 천지연 입구로 가다가 방향을 틀어 새섬 앞까지 가는 길에는 논 사이에 유채꽃과 무꽃이 피어 있는데, 그곳에는 일제 강점기의 잔재인 고래공장 건물과 작업장들이 을씨년스러운 모습으로 남아 있다.

김장 배추를 씻으러 가는 어머니를 따라 부두 동쪽의 앞개(앞개울)에 갔을 때, 패랭이(밀짚모자)를 쓴 소년이 낚시를 하고 있었다. 그곳에는 호박여, 족쟁이여라는 여(물속에 잠겨 보이지 않는 바위)가 있었는데 이제는 부두 동방파제 아래 묻혀버렸다. 보목리 솔랑앞(앞바다)에 어머니와 고매기(고둥의 종류)를 잡으러 가곤 했는데 그때 보물고둥이라고 불렀던 개오지의 패각을 주워오던 기억이 난다. 돌아오면 어머니는 항상 몸살을 앓으시곤 했다.

살아오면서 서귀포를 잠깐 벗어난 적이 있을 뿐, 나는 50년 가까운 세월을 물장구치거나 낚시를 하면서 서귀포 앞바다에서 들락거리며 살아왔다. 바다에서 죽을 뻔한 추억도 있었지만 서귀포 앞바다는 늘 나와 함께 있었던 셈이다.

바다는 어머니 같다. 수평선은 어머니의 사랑만큼 넓고, 물속에 들어가면 언제나 따뜻하고 그 품은 부드러웠다. 내가 사는 동안 세상은 눈에 보이게 변해왔다. 사람들이 걸어다니는 땅은 콘크리트로 덮였고 공기도 물도 탁해졌다. 바다는 어머니가 우는 자식을 품고 마음을 가라앉혀주는 것처럼 육지와 사람을 정화시키는 장소이다. 흘러든 폐수를 맑게 하고, 때로 불어오는 태풍은 바다를 뒤집어 깨끗하게 한다. 그러나 이제 그 바다도 지쳐가고 있다. 바다가 육지, 곧 인간들의 삶의 찌꺼기를 정화시킬 능력에 미치지 못할 때 지구의 마지막 날이 오는 것은 아닐까?

이런 생각을 하다가 나는 서귀포 앞바다의 옛날과 지금, 그리고 지금까지

내가 겪고 들은 것에 대해 글을 써보기로 하였다. 서귀포 앞바다라 함은 하효 쇠소깍에서 법환리 해안까지로 설정하였다. 그것은 이 해안이 과거 서귀포(서귀읍)에 해당하는 곳이고, 전통적으로 법환까지 정의현에 속하였기 때문이지 정확한 설정 범위는 아닐 수도 있겠다. 서귀포 앞바다에는 섶섬, 문섬, 새섬, 그리고 범섬 등 4개의 섬이 있다고 얘기되어온 것과도 상통할 것이다.

내가 공부만 하는 모범생이 아니었기 때문인 건지, 옛날이어서 그런 건지 서귀포의 해안선과 섬들에 추억이 깃들지 않은 곳은 없다. 공부다 뭐다 하면서 시간에 쫓기며 바다에 한번 못 가는 내 아들과 딸, 그리고 그 또래들에게 아름다운 서귀포 앞바다에 대한 이야기를 들려주고 싶다.

세월 속의 서귀포 바다

바다_ 고영우

세월 속의 서귀포,
그 바다는 어둡고 우울하다.
섬나라 백성의 삶은 고단하기만 했던가.
지나간 날, 가버린 사람의 추억은
본래 서글픈 것인가.

『탐라지 耽羅志』(이원진, 1653년)에서는 서귀포(서귓개)를 원나라에 조공하러 갈 때 순풍을 기다리는 곳으로 언급하였다. 서귀포가 속한 정의현을 설치한 것은 조선 태종 때인 1416년경이었다. 그보다 앞서 역사에 나오는 것은 고려시대 말경으로 서귀포 서쪽 앞바다의 범섬과 오늘날 서귀포 시내인 홍로(서홍동 일대)가 등장한다.

중국의 주인이 명으로 바뀐 반면 제주섬은 원나라 잔존 세력인 목호(牧胡, 고려시대에 제주도에서 말을 기르던 몽골인)가 남아서 고려 정부에 항거했다. 고려 정부는 제주에서 키우던 말(군마)을 확보하기 위해 그들을 토벌하기로 결정하는데, 이때가 1374년이었다. 고려는 최영을 탐라정벌군의 총사령관으로 임명했다. 명월포에 상륙한 최영의 고려 군사들은 목호의 저항을 뚫고 전진하였다. 당초 서아막과 동아막을 근거지로 삼았던 목호들은 해안선을 타고 도주하더니 결국 범섬까지 도망쳤다.

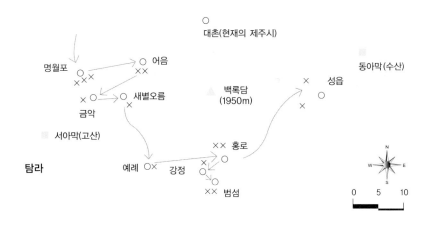

최영의 목호토벌전(1374년)

범섬과 막숙포

지명의 탄생 ●   범섬은 4필지 8만 제곱미터 정도의 크기이며, 생긴 모양
이 호랑이를 닮았다 하여 범섬이라 불린다. 김상헌의 『남
사록南槎錄』(1601년)에는 범도凡島라고 표기되어 있으며, 이원진의 『탐라지』 이
후로는 호도虎島로 기록되어 있다. 범섬 옆에는 법환동 산 4번지인 작은 섬(새끼
섬으로 불림)이 있다.

    위 사진은 범섬의 동북쪽 해안(외돌개 인근)에서 찍은 것이다. 오른쪽 멀리
보이는 곳이 막숙포가 있는 법환마을이다. 범섬은 법환포구에서 1.3킬로미터
정도 떨어져 있으며 주위가 2킬로미터 정도인 타원형 섬이다. 최고 높은 곳이
87미터인데 절벽으로 되어 있어 위로 올라가는 길은 북쪽의 대정질(대정길)과

'콧구멍' 남쪽의 정의질 등 두 코스뿐인데, 그나마도 후자는 워낙 험하여 잘 다니지 못한다.

대정질은 대정현 방향에 있어서 붙은 이름으로, 정의현과 관련된 이름이니만큼 정의현이 설치된 조선시대 이후 생긴 이름일 것이다. 대정질 입구를 '쇠 저는 자리'라 하는데 범섬이 법환마을의 목장이었을 때 생긴 이름이다. 바람의 힘으로 움직였던 풍선에 큰 소를 매어 끌고 가면 소는 배를 따라 헤엄친다(송아지를 위에 태우기도 하였다). 섬에 도착하면 소를 뭍에 올리기 위해 산태(삼태기) 위에 검불을 깔고 소를 단단하게 묶은 뒤 줄을 걸어서 끌어당겼다. 내릴 때도 마찬가지였다. 이렇게 소를 묶고 풀었던 자리가 쇠 저는 자리이다.

어렵게 정상에 올라가면 온통 새(띠)밭이다. 돈나무, 제밤낭(구실잣밤나무), 까마귀쪽나무 등 상록수가 많고, 볼래낭(보리수나무)도 있어 가을에는 그 열매를 따먹기도 하였다. 섬의 남쪽 끝 해송이 듬성듬성 있는 풀숲을 헤치고 섬 안쪽으로 가면 큰 가수룩낭(우묵사스레피나무) 아래 마르지 않는 샘물이 있는데 '애기물'이라 부른다. 물이 흘러나오는 샘은 사람이 살았다는 흔적을 보여준다.

콧구멍 윗부분 '모루'에 서면 서귀포 신시가지, 월드컵 경기장, 한라산이 한눈에 들어온다. 섬을 둘러싼 지형에 해식동굴들이 있어 호랑이 코에 해당되는 곳은 '콧구멍', 섬의 남쪽의 것은 '큰항문이도', 서쪽의 작은 굴은 '작은항문이도'라고 불리는데, 배를 타고 들어갈 수 있을 정도의 크기이다. 남쪽에는 애기물에서 나온 물이 떨어지는 '물깍'이 있는데, 깍은 제주도 말로 꼴찌(끝 부분)라는 뜻이다. 많이 나는 해물의 이름을 따서 '홍합여'와 '우미(우뭇가사리의 방언)통'이라는 명칭도 있다. 새끼섬 옆 '섯발', '알발' 등은 낚시 포인트들이다. 새끼섬의 북서쪽은 자리(자리돔)가 많이 잡히는 곳이다.

섬의 동쪽으로 모가 진 곳을 '동코지'라 하는데, 그곳은 소라와 전복이 많아서 그것들을 먹이로 하는 돌돔의 낚시 포인트가 되었다. 법환마을의 막숙포는 바다로 툭 튀어나온 '망다리'와 '서흘', '생이코지' 사이에 있다. 큰 파도로부터 배를 감추기 좋은 위치이기 때문이다. 생이코지는 새처럼 작아서 그렇게 불리고, 망다리는 달月을 보는望 장소라는 뜻에서 유래한 이름인데 훗날 왜구의 침입에 대비해 망을 볼 때 적합한 장소였다고해서 망팟이라고 불리기도 했다.

범섬 토벌 ● 　　드디어 최영은 막숙포까지 추격해왔다. 포구에 접하여 병사들의 군막을 쳤으므로 이후에 막숙포라고 이름 지어졌다. 그 옆에 참모본부가 있던 자리는 '좀당'이라 불린다. 활쏘기 훈련을 하던 '사장'이

쇠저는자리
콧구멍
대정질
모루

범섬　　　동코지

선착장　　　　애기물
　　새끼섬
섯발(西)　　작은항문이도　　　동모
　　　　　　　　　물깍
　　　우미통
알발(아래쪽)　　　　　　　큰항문이도
　　홍합여　　남모　　　　　　범섬 지도

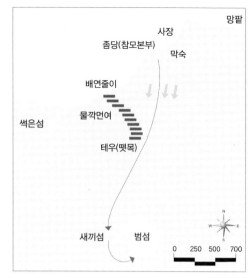

범섬 전투

나 병기를 만들고 조련하던 '벵디왓'도 그때 생긴 이름이다. '배연줄이'는 테우(뗏목식 제주배)들을 연결한 곳이어서 생긴 이름이다.

최영은 배를 준비시켰다. 범섬이 깎아지른 듯한 절벽으로 되어 있어 난공불락의 요새 같지만 바다로 둘러싸여 있어 또 독안의 쥐나 마찬가지. 쉽게 공격할 수 없었기에 그 대신 배를 풀어 도망치지 못하도록 한 것이었다. 그리고 병사들을 차분하게 훈련시키며 여러 가지 공격 방법을 생각하였다.

비가 온 다음 날 해안을 따라 순시하다보니 범섬은 코앞에 있는 것처럼 가까워 보였다. 그래서 최영은 테우를 많이 모았다. 범섬과 가장 가까운 코지에 테우를 묶어 범섬까지 연결한 뒤 그 위를 걸어가서 공격을 시도하기로 하였다. 그러나 배들을 묶어 한바다로 나오자 문제가 생겼다. 아주 심한 조류가 흐르고 있었던 것이다. 바다의 한가운데서 강물이 흐르듯 동쪽에서 서남 방향으로 조류가 쾈쾈 흐르자 테우들도 물에 쓸리며 중심을 못 잡고 기우뚱거렸다. 테우를 붙잡아 매려다 밧줄을 놓치자 배는 물의 흐름을 따라 저만치 떠내려갔다. 닻을 내려

멀리서 보면 호랑이가 웅크리고 앉은 모습 같다고 범
섬이라 불린다. 범섬의 가파른 절벽 때문에 목호를
공격하기가 쉽지 않았다.

도 별 소용이 없었다. 게다가 인근에서
징발한 수십 척의 배를 이었는데도 범섬
은 원래의 거리만큼이나 아직도 멀어 보
이기만 했다. 테우를 더 만들려고 해도 재
료인 구상나무를 한라산 높은 숲에서 가
져와야 하니 시간이 너무 걸릴 터였다.

최영은 배를 타고 가서 공격하는 걸로 방법을 바꾸었다. 40척의 배에 군사
들을 나눠 싣고 섬 주위를 돌면서 고민했지만 사방이 절벽이어서 섬으로 올라
갈 방법이 막연했다. 이때 길잡이로 동원된 한 탐라(제주도의 옛 이름)인이 섬의
북쪽 가에 올라가는 길이 있다고 조언했다. 그것이 오늘날의 대정질인데 한 명
씩밖에 올라갈 수 없는 좁고 험한 길이다. 섬에 배를 댄 채 창과 칼을 거머쥐고
한 사람씩 가파른 길을 기어올랐다. 그러나 위에서 돌과 창이 날아드니 그 방법
으로는 공격이 어려웠다. 패잔병들의 필사적인 반항은 난공불락으로 여겨졌다.

고려군은 뱃전에 궁수를 세워 활을 쏘려고 하였으나 배가 흔들려 조준이 곤
란했을 뿐 아니라 가파른 절벽에 시야가 가려 소용이 없었다. 게다가 적들은 섬

위에 약식으로나마 돌로 된 성을 쌓은 듯하였다. 최영은 궁리 끝에 연鳶을 띄웠다. 조선시대에 지어진 『동국세시기東國歲時記』에 최영이 연을 사용한 것이 언급되었다.

방패연은 구조가 사각형 안에 쌀 미米 자가 들어 있는 형태이다. 중심살과 허릿살 외에 대각으로 되는 장살이 있다. 가운데에는 둥그런 구멍(방구멍)을 뚫는데 그 부분이 비행의 힘을 낸다. 그리고 맨 위 머릿살에 두 줄, 가운데 중심점에 한 줄, 그리고 밑에 한 줄을 맨 후, 네 줄을 합하여 매듭을 짓고 연실에 연결하면 연이 완성된다.

최영은 무게 중심을 고려해 맨 아랫줄은 조금 위쪽으로 매도록 하였다. 그리고 중심살의 아래쪽에 줄로 나뭇가지를 매달아 기름 먹인 헝겊을 감았다. 관솔불(송진이 많이 엉긴 소나무의 가지에 불을 붙인 것으로 예전에는 이것을 등불 대신 이용했다) 비슷한 것이다. 드디어 연은 바닷바람을 박차면서 공중으로 치솟아 올랐다. 45도 정도 각도를 유지하다가 바람을 받고 치솟아 오를 때에는 불길도 쑥쑥 잘 타올랐다. 실을 풀자 연들은 범섬 상공으로 날아갔다. 적당한 때 풍향과 연의 비행 궤도를 고려하여 연줄을 자르면 그것은 바람을 타고 날아간다. 훗날 액운厄運을 연에 담아서 날려보낸다는 의미의 정월대보름 연놀이가 여기서 유래하였다.

몇 번의 시도 끝에 관솔불이 붙어 있는 연이 섬 위 억새밭에 추락했다. 불덩

어리가 떨어진 셈이다. 섬의 한가운데서 검은 연기가 피어올랐다. 일순 '뿌지직 뿌지직—' 하고 건조한 가을 날씨에 힘입은 듯 마른 억새와 들풀, 나무들이 잘 도 타올랐다. 오래지 않아 검은 연기는 하늘을 뒤덮고, 나무를 태운 불길이 이글 거렸다.

이 지경이 되자 목호군의 우두머리와 그 가족은 기어 나와 항복하였고, 또 한 명의 우두머리는 바다 위에 몸을 던져 자살하였다. 시간이 어느 정도 지나 최 영의 군사들이 섬 위로 상륙하였지만 저항은 없었다. 살아남아 섬 가운데 샘물 가에 엎드려 있던 자들은 포로가 되었는데 불에 타죽은 사람도 많았다. 최영은 항복한 석질리필사石迭里必思와 세 아들의 목을 벳고, 자살한 우두머리의 시체 도 찾아내 목을 베어 개경으로 보냈다.

이것이 범섬 토벌의 전말이다. 이 난리에 탐라의 무고한 사람들이 많이 죽 고 다쳤다. 그 40년 후 조선조의 제주 판관이었던 하담河澹은 토벌전을 목격한 사람들에게 얘기를 듣고 『신증동국여지승람新增東國輿地勝覽』에 기록을 남겼으 니 그 내용이 다음과 같이 처절하였다.

"우리 동족 아닌 것이 섞여 갑인甲寅의 변을 불러들였다. 칼과 방패는 바다를 덮고, 간과 뇌는 땅을 가렸다."

변방의 고달픈 삶 ● 이 일은 제주섬이 중앙 정부에 속하는 계기가 되었

『탐라순력도』 중의 「서귀조점」. 『탐라순력도』를 보면 별방진(지금의 하도리)이
나 명월진(명월리)이 나온 그림에도 집들이 많이 그려져 있는데 반해 서귀포에
는 민가라고는 바닷가에 두 채만 그려져 있다. 현재 제주시에서 소장하고 있다.

다. 그러나 그후에도 변방의 설움을 지닌 고달픈 삶은 오랜 세월 지속되었다. 조선조에 들어서서 완비된 중앙과 지방의 통치체제가 제주도까지 미치게 되었다. 중앙에서 파견된 목사(牧使, 지방 행정 단위의 하나인 목에 파견되던 지방관)가 제주목 관아가 있는 제주시에 상주하였고, 삼현이 설치되었는데 서귀포는 정의현에 속하였다. 그 때문에 제주도 양민들도 조직적으로 진상물을 바쳐야 했다.

목사는 제주섬 전역을 순회하기도 하였는데 그것을 순력이라 하였다. 사람들은 목사가 다닐 길을 닦는 데 동원되었으며, 목사 일행이 먹을 음식을 차리는 것도 대단히 큰일이었다. 서귀포도 그중 한 곳이었으니 성을 쌓고 무기를 보관하며 군사들이 약간 주둔하는 진이 설치되었는데, 주적은 왜구(倭寇)였다.

앞쪽의 그림은 1702년 제주 목사 이형상 때 만든 『탐라순력도(耽羅巡歷圖)』(1702년 제주 목사 이형상 펴냄)의 한 장면이다. 서귀진(西歸鎭, 서귀포의 옛 이름)에서 점호(點呼) 장면을 화공 김남길이 섬세하게 그렸다. 좌측에 봉수대가 있는 삼매봉과 서귀포 앞에 떠있는 새섬이 그려져 있다. 천지연에서 비롯되는 서귀포의 지형은 현재와 크게 다르지 않으나 그 당시 서귀포에는 사람이 많이 살고 있지는 않았다.

당시 생활은 괴로웠을 것으로 추측된다. 제주섬이 중앙 정부에 속하면서 양민들도 진상물을 바쳐야 했는데, 해산물을 공물이라 하여 관리에게 착취당하는 것이 조선시대 양민들의 생활상이었기 때문이다. 바쳐야 할 종류와 양이 많아

쉬지 않고 채취해도 부족했다. 상납해야 하는 전복만 해도 말린 전복인 추복槌
鰒, 얇게 펴서 말린 인복引鰒, 제사용인 칼질한 조복絛鰒 등이 있었다. 오징어·
해삼 외에 미역·어린 미역(조곽)·바다거북·우뭇가사리·다시마 등 해조류도
주요 품목이었다. 게다가 조개류에, 물고기로는 옥돔·갈치·고등어·방어 등등
열거할 수 없을 정도였다. 심지어 고래와 상어까지 포함되었다.

그렇게 진상을 위해 미역을 따고 전복을 잡던 여자를 잠녀潛女, 남자를 포작
浦作이라 하는데 포작의 경우엔 홀아비로 살다 죽는 경우도 많았다. 그 이웃에
과부가 있어도 차라리 거지 노릇을 할망정 포작의 아내가 되려고는 하지 않았다.
포작의 생활이 너무나 고되고 그 부담이 가족에게까지 미쳤기 때문이다.

김상헌金尙憲은 안무어사로 제주에 와서 보고 들은 사정을 『남사록』에 적
었다.

"포작들은 그 고역을 견디지 못해 도망치기도 하고 떠돌다가 물에 빠져 죽는
자도 있고 해서 실제로 열 중에 두셋만이 남게 된다. 그러나 거두어들이는 해
산물은 줄어들지 않고 같은 양이었다. 남은 사람은 더 오래 바다 가운데 있어
야 하며 그래도 양을 채우지 못하면 그의 처는 감옥에 갇힌다. 원한을 품지
않을 수 없으며, 그런 포작의 아내가 되려고 할 리가 없는 것이다.
그 진상품 중에서 물속에서 건져오는 전복을 중요하게 여겼는데 바쳐야 할
전복의 수는 너무나 많고 관리들은 중간에서 그 몇 배를 가로채니 부담은 더

착취 때문에 한 섬의 모든 물력物力이 없어진다고 해도 과언이 아니었다. 잠녀의 고통도 포작인들과 비슷하였다. 잠녀는 오늘날 제주 해녀의 전신이라고 할 수 있다. 차이가 있다면 그 당시의 잠녀는 바닷속에서 채취한 것들을 나라에 바쳐야 했다는 점이다. 어쩌면 억지로 관가에 바쳐야 하는 의무에 시달린 예전이나 자신의 생존과 가족의 생활을 위하여 바다에 뛰어들었던 지금의 해녀들이나 삶의 멍에는 다르지 않을 것이다.

제주 사람들은 갯가에 돌을 담처럼 쌓아 밀물을 타고 들어왔다가 썰물에 빠져 나가지 못한 물고기를 잡는 '원담'이란 방법도 사용하였다. 떼를 지어 다니는 멜(멸치)이나 고등어 같은 것들을 그저 주워 담기만 하면 되었다. 그것들은 자기보다 큰 고기들에게 쫓겨 낮은 바닷가로 떼를 지어 도망쳐올 때도 있었다. 지금도 법환 쪽에는 돌담이 남아 있어 원담의 흔적을 볼 수 있다.

희미해진 기억 ● "멜 삽서. 멜(멸치 사세요. 멸치)!"

멜이 풍작이던 해 봄날, 말이 끄는 수레에 멜을 가득 실은 멜 장수가 외친다. 내가 어렸을 땐, 멸치가 풍작이면 멸치를 과수원에 거름으로 깔곤 했다. 냉동기술이 없어 보관을 못하니 값이 엄청 떨어지기 때문이다. 아주 오랜 옛날에도 그랬을까? 말리거나 소금에 절였지 않았을까? 아니, 보통 사람들에겐 소금이 너무나 귀했다. 제주도 마을에서 소금을 만들기 시작한 것은 근대 이후의 일이며 '소금막'이란 지명들이 생겨난 것도 그때이다. 서귀포 하효의 포구도 소금막이라고 불렸던 곳이다.

　일제 강점기 때 서귀포에는 고래공장이 있었다. 여기서 1차 가공된 고래들이 일본으로 보내졌다. 고래는 서귀포 근해에도 있었겠지만, 주로 추자도나 육지와 제주도 사이에서 많이 잡혔을 것으로 추정된다(2006년 봄에도 서귀포 앞바다에서 밍크고래가 그물에 걸렸는데 그것은 방어진(울산)으로 곧장 팔려갔다).

　아래 사진은 40년 전에 찍은 것인데, 작은 목선 뒤 건너편에 골격만 남은 것이 고래공장의 흔적이다. 근년에 이곳에서 일제의 포경선 침몰 추도 비석이 발견됐는데 그 배가 조난당한 곳이 제주 근해였다. 일제 강점기에 일본인들은 제주 서북쪽의 한림과 동쪽의 성산포를 서귀포와 함께 수산기지로 이용하였다. 그 중에서 태평양을 바로 보는 정남쪽의 서귀포의 위치가 중요해서 그런지 이곳은 집들이 불어나며 조금씩 커져갔다. 내가 어렸을 때까지만 해도 제주도에 일본식 집들이 많이 남아 있었다.

서귀포 내항에 작은 나무배가 떠 있고, 저 너머 옛 고래공장 벽체들이 흉물스럽게 남아 있다. 1964년의 모습. ⓒ강병수

패색이 짙어지자 일본군은 제주도를 최후 저항의 요새로 삼고자 했는데 그런 흔적이 서귀포 해안에도 남아 있다. 황오지 해안에 가면 열두 개의 동굴들(열두굴)이 지금도 있다. 그것들은 자폭 공격 어뢰정을 감춰두는 기지였다는 설도 있는데, 실제로는 그런 것에 이용되지 못한 채 일본은 패망하였다. 물자들을 운반했던 궤도차의 레일과 시멘트 길이 지금도 황오지 해안에 남아 있다.

어둠은 물러나고 아침이 되었다. 해방이 되자 많은 사람들이 고향을 찾아왔고 사회는 혼란스러워졌다. 혼란기가 지속되다가 제주섬 전체가 난리에 휩싸인 것이 1948년 4·3사건 때였다. 이 여파로 억울한 죽임을 당한 사람도 많았다.

동양에서 유일하게 바다로 물이 떨어진다는, 아름다운 정방폭포에서도 끔찍한 일이 있었다. 그곳은 시내와 맞붙은 곳이기 때문에 그 일을 목격한 사람들이 많았다. 절벽 위에서 총살하고, 밀어서 죽이고 그랬던 것이다. 그 직후 한반도 전체가 전쟁에 휘말린 것이 지난 역사이다. 전쟁이 끝난 한참 후, 정확하게 휴전 3년 후의 일이다. 내가 아는 사람이 그 폭포 절벽에 새알을 집으러 갔다가 여자의 유골을 발견하기도 했다.

6·25전쟁이 일어나자 많은 피난민들이 제주도로 들어왔다. 서귀포항에는 미 해군 상륙함인 전차양륙함(LST)이 한 번에 수천 명씩 피난민을 실어왔다. 당시 피난 온 사람들 중에는 지식인들도 많아서 서귀포가 문화적으로 개화되는

계기가 되었다. 그들은 전쟁이 끝나자 대부분 서귀포를 떠났지만 눌러 앉은 사람들도 꽤 있었다. 전후의 한국사회가 그렇듯 서귀포도 배가 고픈 시절이었다.

1959년 9월 중순, 태풍 사라가 서귀포를 휩쓸었다. 내가 아주 어릴 때의 일이었지만, 이 사건은 태풍 얘기가 나올 때면 줄곧 사람들 입에 오르내렸다. 서귀포에는 매년 태풍이 몇 번씩이나 오지만, 나이 든 사람들 얘기로는 사라는 서북풍으로 불어서 더욱 피해가 컸다고 한다. 이 말은 태풍은 남쪽에서 오지만 중심을 비껴난 곳으로 바람이 회전하면서 원심력이 커졌다는 이야기이다. 또 다른 이유로는 기록상 초속 35미터인 강풍에 비가 얹어졌기 때문이다. 도로, 가옥, 농경지의 피해가 컸으며 육지에 올려놓은 선박까지 파괴되었다. 서귀포에서만 이재민이 2천여 명이 넘었다고 한다.

내가 어렸을 땐 서귀포 신효, 하효에 왕벚나무들이 많아서 봄이면 커다란 왕벚나무들이 터널처럼 우거져 화사했었다. 그런데 사라 태풍에 왕벚나무들이 많이 뽑히고 부러졌다. 태풍이 지나간 후 몇몇 나무들은 소생했지만 이제는 그마저도 다 없어져 버렸다. 벚꽃이 일본의 국화라고 하여 모두 제거된 것이다. 화사하고 아름다운 왕벚나무의 원산지는 서귀포인데, 아쉬운 일이다.
　　지금도 서귀포 일부와 남원읍에 왕벚나무 자생지가 있다. 왕벚나무를 찾는

물 들기 전에 헌저 미역 건정 손
지 난 우리 똘 국해주커(밀물
되기 전에 빨리 미역 건져서 손
자 낳은 우리 딸 국 해줘야지).
ⓒ현을생

것은 어렵지 않다. 4월초에 서귀포 위쪽 산록도로나 관음사 앞 도로에 가보라. 추위에 멍든 것처럼 자줏빛인 한라산 봉우리를 불쑥불쑥 살색으로 물들인 왕벚나무들을 보게 될 것이다(올벚나무, 산벚나무 들도 포함하여).

태풍 사라가 휩쓸고 지나간 한참 후의 일인데 서귀포 앞바다에는 아픈 추억이 있다. 일제 강점기에 제주와 일본을 오가는 군대환君代丸이라는 배가 서귀포항을 경유하기도 했지만(군대환이 서귀포 앞바다에 서면 사람들은 작은 배를 타고 가 그 배에 올랐다), 정식으로 서귀포와 부산을 오가는 여객선은 60년대 초 경향호가 시초였다. 목선이었던 경향호, 다음으로 해연호, 그리고 덕남호(300톤)가 있었고, 후에 남영호가 취항하였다. 그런데 서귀포와 부산을 오가는 정기여객선인 남영호가 침몰한 것이다. 1970년 12월 중순, 서귀포는 감귤 수확이 한창일 때여서 활기에 가득 차 있었다. 조생早生귤의 출하가 지나고, 온주밀감이 당시로서는 비싼 가격에 판매되고 있었다.

12월 14일, 감귤과 사람을 잔뜩 실은 남영호는 부산항에 입항하지 않았다. 다음 날 낮에서야 서귀포에 남영호의 침몰 소식이 알려졌다. 14일 오후 5시에 서귀포항을 출발하여 성산포에서 사람과 화물을 더 싣고 부산항으로 떠났는데, 다음 날 입항 예정시간인 오전 8시가 지나도 종적을 알 수 없었다.

바다에 표류한 자를 일본 배가 구조한 것은 그보다 늦은 시간인 9시 30분경이었고, 해상보안청, 일본 정부, 한국 정부의 순으로 알려진 것이 10시 30분경이었다. 공식 발표로는 실종자가 288명이었으나 이틀이 지나자 승선자의 수는 338명으로 불어났다. 그들 중 살아서 구조된 자는 12명에 불과했다. 현장에는 감귤 상자와 배에서 흘러나온 기름들만 떠다닐 뿐이었다. 후에 거문도 동쪽의 88미터 깊은 바다에서 선체가 발견됐지만 인양하지는 못했다. 결국 춥고 어두운 바다 속에 수장되어버린 것이다.

나중에 떠도는 얘기들만 무성하였다. 화물이 너무 많아 기울어진 채 운항했다, 배의 갑판에 파도로 물이 들어오면 빠져나가는 배수 구멍이 가려졌다, 출발하기 전에 배에서 쥐 떼가 내렸다, 누구는 부두에 늦게 가는 바람에 못 타서 살았다, 해군병사(실제 내가 아는 누나의 약혼자)인데 멀미가 성가셔 수면제를 먹고 자는 바람에 빠져 나오지 못했다 등등. 그후에도 국남호, 유성호, 동해호가 20년 전까지 운항하였으나 이제는 서귀포항에서 제주도 밖으로 가는 여객선은 다니지 않는다.

삶은 유한하고, 언제나 이별이라는 일이 있으니 아쉬울 수밖에 없다. 부두를 떠나는 배의 모습은 슬프다. 나 역시 누구를 전송하러 가면 그런 생각이 들곤 한다. 공항에서는 비행기가 순식간에 사라져버리니 섭섭함이 덜하다. 서귀포항 부두에서는 여객선 스피커가 구성진 노래를 부른다. 배에 오를 때가 되면 헌병

바다로 향할 때, 설레임. 항구로 돌아올 때, 안도감.
우리의 두 마음을 알면서 말없이 굽어보는 서귀포항.

누구를 전송하고 돌아서는가, 봄나들이인가? 뒷모습만 보이는 아가씨들도 이젠 할머니가 되었을 것이다.
(사진은 40년 전 서귀포 부두 동방파제) ⓒ강병수

이 하얀 철모를 눌러쓰고 임검臨檢을 한다.

내가 아는 사람이 배에 올라 갑판에서 손을 흔든다. 애써 웃는 얼굴에서 하얀 이빨이 도드라져 보인다. 구슬픈 기적 소리가 출발을 알리면 배는 서서히 미끄러져 나간다. 손을 흔드는 사람은 점점 멀어진다. 이별이다. 뛰면서 손을 흔들어보지만 배는 이제 나를 알아볼 수 없을 정도로 멀어져간다. 배는 문섬 동쪽으로 비껴 가며 속도를 내기 시작하더니 급기야 사라졌다. 나의 시선엔 빈 수평선만 남았다.

대학 시험 보러 가는 형도, 육지로 돈 벌러 가는 여인도 이 부두를 거쳐 떠났다. 나라의 부름을 받고 군에 갔다가 월남에 파병되었던 청년도 죽어 돌아올 때는 역시 이 서귀포항을 통해 들어왔다. 부두의 사연은 얼마나 많을까. 이 항구와 서귀포 바다가 세월에 바래며 겪고 지켜본 사연들은 하늘의 별만큼 무수히 많을 것이다.

다금바리의 전성시대

백남준의 그림으로 (주)핀크스에서 소장하고 있다.

그때, 내가 어렸을 때
아니면 동심의 세계에는
바다에서 하늘까지
다금바리가 가득.

생선회를 좋아하는 사람이 제주도에 오면 제일 먼저 찾는 것이 다금바리이다. 제주도를 둘러싼 바다를 바라보며 생선회를 먹는 것만큼 행복한 게 또 있을까.

다금바리는 몸의 길이가 1미터 정도로 커서, 족히 바다의 제왕이라고 할 만하다. 제주도에서는 자바리를 다금바리라고 부르고, 능성어와 원래의 다금바리는 구문쟁이라 부른다. 맛으로는 다금바리보다 구문쟁이를 한 수 아래로 쳤다. 바다 속 먹이사슬에서 상층에 있는 다금바리는 낮에는 바위틈이나 굴속 같은 데 숨어 있다가 밤이면 밖으로 나와 먹잇감을 사냥한다. 다금바리는 크고 사나운 걸로 이름을 날리는데 다금바리가 유명한 것은 단지 그것 때문만은 아니다. 다금바리가 진짜 인기 있는 이유는 잘 잡히지 않는 고급 어종인데다 뛰어난 맛 때문이다.

과거에는 이 고기들을 낚시 외에 작살로도 많이 잡았다. 작살로 잡던 때는 그야말로 고기들이 바글바글하던 시대이다. 그때는 다금바리의 전성시대였고 수중사냥꾼도 잘 나가던 시절이었다. 다음은 그때 이름을 날렸던 ㅈ 씨(올해 50세)의 이야기이다. 그와 관련해서는, 서귀포 앞바다 속으로 잠수하면 10킬로미터 동쪽의 위미 앞바다에서 나온다는 얘기도 전해지고, 넓은 바다 속에서 바늘도 찾아낸다는 전설적인 사람이다.

잠수를 하면 조류에 몸이 흐르기 마련이다. 그런데 그는 상승 속도와 조류

ㅈ 씨가 우여곡절 끝에 잡은 50
킬로그램의 다금바리. 잡은 사람
보다 몸통이 더 굵다. ⓒ조창완

의 흐름까지 다 계산하여 언제나 정확하게 위치를 파악했다고 한다. 왼쪽 사진은 10여 년도 더 전에, 그가 잡은 다금바리를 들고 찍은 것이다. 섶섬을 배경으로 찍었지만 사실은 범섬 앞에서 잡은 것이다. 성인의 몸통 못지않게 굵은 이 다금바리의 무게는 50킬로그램에 달했다. 범섬 콧구멍 동남쪽은 엿발이 좋은데(암초들이 많다) 그 앞에서 잡은 것이다.

이 크고 힘센 다금바리를 겨냥하여 작살을 쏘았지만 급소에 맞지 않고 빗맞았다. 다금바리가 조금만 움직이면 맞은 곳이 째지면서 도망가버릴 상황이었다. 그것이 바다 속의 자기 굴로 도망가려는 순간, 긴 작살 끈을 이용해 이 고기의 꼬리와 작살을 함께 칭칭 묶어버렸다. 다금바리는 꼬리로 힘을 쓰는데 그것이 곧 약점이 되어버린 것이다.

다금바리를 겨우 배 위로 끌어올렸는데 아직 죽지 않아서 배 바닥에서 뒹구니까 5톤 배 바닥이 '탕탕' 울렸다. 어떤 사람이 식당을 개업한다길래 팔까 했는데 너무 커서 겁난다며 인수를 못해갔을 정도였다. 횟감으로 최고 인기 있는 다금바리(자바리, 능성어)의 경우, 1킬로그램이 3인분이라고 치면 자그마치 한 마리가 150인분이나 되었던 것이다.

누군가는 다금바리의 내장을 먹었다는 얘기도 있는데 다금바리는 아무리 큰 성어라도 내장이 굵지 않다. 다시 말하면 다금바리는 자기의 먹이를 한 번에 위 속에 넣지 않고 되새김질하듯이 먹었다 뱉었다 하는 것이다. 먹이를 먹다가 그대로 보관하기도 한다.

다금바리는 꽁치, 멸치 등 작은 물고기나 문어, 갑각류 등을 먹고 산다. 그래서 문어가 죽어 있는 바다 속 굴에는 틀림없이 다금바리가 있다고 생각해도 무방하다. 또 서귀포 앞바다에 날개주걱치들이 떼로 몰려 있는 곳이 있다면 다금바리가 있거나 있던 곳이다. 문섬이나 거문여 동굴, 범섬 동굴에는 날개주걱치들이 많이 있는데 그런 곳에 다금바리가 산다.

굴속이나 으슥한 곳에 주로 사는 날개주걱치들

다금바리는 바다 속 동굴에 머무는데, 보통은 직선이 아니라 기역자로 구부러진 굴에 산다. 그래서 쫓아들어가도 잡을 수 없고 굴 입구에서 기다려야 한다. 또 그런 굴은 사람이 들어가면 후진할 수 없는 경우가 있다. 들어갈 때는 요리조리 들어가지만 뒤로 빠지는 것은 핀킥(오리발을 차는 것)도 곤란하고 무엇보다도 공기통과 호스들이 걸려 꼼짝할 수 없게 되기도 한다. 이런 경우에는 익숙한 사람이라도 침착하게 행동해야 하는데, 호흡기를 문 채 장비를 벗고 몸을 튼 뒤에 다시 착용하고 빠져나와야 한다.

그렇다고 굴속으로 도망간 다금바리를 동굴 앞에서 기다려봐야 소용없다.

돌돔은 기억력이 나빠서 충격을 받고 굴속으로 도망쳐도 잠시 후면 기웃거리며 나오지만, 다금바리는 하루 정도는 꼼짝도 안 하기 때문이다. 또, 다금바리는 큰 덩치에 어울리게 대식가이다. 어마어마하게 큰 다금바리가 먹을 것을 찾기 위해 아주 낮은 수면까지 오는 경우도 있다. 그러나 배불리 먹은 뒤에는 하루 이틀 굶는 것도 보통이다.

과거에 이시바시라는 일본인 수중사냥꾼이 온 적이 있는데 그는 매그넘 45라는 수중총을 사용하였다(매그넘 45는 수중에서 5미터, 육상에서 100미터나 날아갈 정도로 파워가 세다. 고무줄을 당기는 데도 엄청난 힘이 필요하며 살인무기 같은 느낌이 든다). 그는 돌돔은 거들떠 보지도 않고 다금바리만 노리며 지귀도까지 사냥을 갔다. 그런데 다금바리가 수심 몇 미터도 안 되는 얕은 곳에 있는 게 아닌가. 수중으로 들어갈 것도 없이 수면에서 잡을 수 있었다. 잡고 보니 무게가 60킬로그램이나 나갔다. 그가 일본에 간 몇 달 후 소문을 듣고 일본에서 여러 수중사냥꾼들이 제주도에 오기도 했다. 물론 당시에는 다금바리보다 더 큰 것도 수중에 보이던 시절이었다.

웽이라는 놈은 머리 뒤에 큰 혹이 있어 혹돔이라고도 하는데 이빨이 매우 강하다. 돌돔도 작은 소라들을 깨서 먹긴 하지만 이것은 아예 큰 소라를 입에 물고 다닌다. 게다가 웽이는 덩치가 다금바리보다 훨씬 커서 물속에서 만나면 커다란 산돼지가 다니는 걸로 보일 정도였다. 그러나 웽이는 맛이 없어서 과소

평가를 받기 때문에 그만큼 덜 잡혔다.

그렇다면 다금바리의 천적은 없는가? 여러 이야기를 종합해보면 있다고 판단할 수 있다. 고산 앞바다에서 싹둑 잘린 다금바리의 머리가 발견된 적이 있다. 머리 무게만 20킬로그램이었으니 전체는 대략 50킬로그램은 될 것이다(그 머리로 어느 식당에서 찌개를 끓여 먹었다). 이 정도 대물을 베어 먹을 수 있는 것이라면 상어밖에 없다.

과거에는 서귀포 앞바다에서 조금 떨어진 곳에 상어들이 있었다. 밤에 바다에 나가 불을 밝히고, 불빛에 몰려든 갈치들을 낚고 있으면 상어도 몇 마리 몰려들었다. 그럴 땐 작살을 날려 잡았는데 어떤 때는 상어가 낚싯바늘에 걸려 뱃전까지 줄줄 끌려와서, 갈고리로 찍어 올리기도 하였다. 그러나 상어는 먹을 것으로 생각을 안 해서 큰 덩치에 비해 값을 잘 안 쳐줬기 때문에 어부들은 상어 잡는 것을 즐기지 않았다. 요즘도 갈치를 잡으러 갔다가 상어를 잡아오는 경우가 있어서 장마 끝난 초여름쯤 서귀포 부두 수협공판장에 가면 상어를 구경할 수 있다.

어디 그럼 ㅈ씨의 상어 목격담을 들어보자. 그가 물속에서 만난 작은 상어 얘기를 하다가 나온 이야기이다.

"상어인 줄 알고 겁이 났구나?"

"아니 겁난 것보다 잡아봐야 필요가 없으니까. "

"그러면 상어는 본 적이 있는가?"

"상어는 배보다 큰 것 봐낫져(봤었다)."

"위험하지 않은가, 언제 보았는가?"

"뭐 다이빙할 때 상어 한두 번 보나? 새별코지 앞에서 우리 막내하고 다섯이서 다이빙하고 물고기를 100킬로그램 정도 잡아서 돌아올 때 강정 새별코지 앞에 커다란 상어가 있더라니까. "

"물속에서 본 것은 아니구나?"

"아이, 뭐 얕은 곳이니까. 그런데 상어가 입을 쩍쩍 벌리기에 이거 좀 아픈 놈이로구나 생각하는데, 우리 막내가 '형님, 저거 쏘아불게 마씸(쏘아 버립시다)' 해서 보니까 크기가 배만 해. 5톤 배라면 12미터 정도 되잖아. 사실 물속에서 돌고래도 많이 마주쳐봤지만 그렇게 큰 것은 처음 봤지. (크기를 좀 과장한다고 느꼈는데 나중에 다른 사람의 얘기도 그와 비슷했다) 나도 장전을 하고, 스피어줄은 약하니까 닻줄로 잡아매고 준비했지. 다섯 사람이 머리를 겨냥해서 쏘면 잡을 수 있겠다고 느꼈지. 그런데 생각해보니 이것을 잡아도 문제가 될 거 같고, 서귀포 부두에 가면 해경이다 어디다 시끄럽고 안 되겠다고 판단했지. 내가 동생들에게 '야, 전부 장전 풀어라' 하니까 쏘자고 막 우기는 거라. 그래서 내가, 우리가 잡은 고기들이 한 200만 원어치 되는데 비용도 계산해야 할 거고 잘못하다가 시끄러워지면 문제가 될 수도 있다고 설득해서 그냥 내분 적도 있지."

강정 새별코지라 하면, 오늘날 강정 등대가 있는 지점에서 바다 쪽이다. 낮은 암초들이 발달해 바람이 세지면 파도가 하얗게 부서지는 곳이고 조류 또한 만만치 않게 센 곳이다. 수심이 15미터 정도로 깊지 않아 해녀 상군들은 바닥까지 들어간다. 그곳의 바닥에 길게 이어진 수중 동굴이 있는데 큰 고기가 있을 만한 곳이다.

누군가는 어렸을 때, 수심 몇 미터도 안 되는 황오지 앞 자갈밭에서 돌을 던져 상어를 잡는 것을 목격하였다고 한다. 돌에 맞은 놈들이 뭍으로 튀어 올라와 퍼덕거리면 달려가 잡는 것이다. 그러나 상어는 흔한 게 아니니 그야말로 다금바리가 서귀포 앞바다의 제왕이었다.

사실 그것의 유일한 천적은 인간이었다. 한번은 ㅈ씨가 보목리 앞바다 속에서 다금바리를 작살총으로 쏘았는데, 그만 우물쭈물하는 사이에 다금바리는 몸에 화살이 꽂힌 채로 바위틈으로 들어가버렸다. 아무리 당겨도 안 돼서 실랑이를 벌이다가 ㅈ씨는 공기가 다 떨어져 일단 상승했다. 그리고 두 사람을 더 데리고 들어갔는데 다금바리는 여전히 그곳에 있었다. 낫으로 등짝을 찍어 당겨 뼈가 으스러질 정도가 되어도 그것은 나오질 않았다. 할 수 없이 낫으로 아가미 위 머리 쪽만 베어서 올라왔다. (좀 잔인하기는 하다) 그것도 보통 저울로는 달 수가 없어서 목욕탕 체중계로 달아보니 십몇 킬로그램이나 되었다.

그후 그 근처에 갈 때마다 미안한 생각이 들어서 바위틈을 들여다보았는데 그것이 다 썩고 뼈만 남도록 잡아들이 그 근처에는 얼씬도 안했다. ㅈ씨는 그후부터는 다금바리에게 상처만 입힐 가능성이 있는 경우에는 깨끗이 포기하지 억지로 쏘지는 않았다고 한다. ㅈ씨가 수중사냥에서 손을 뗐기에 지귀도 왕다리여 앞에 하얀색 다금바리와 해양연구소 앞(구두미) 큰 바위 세 개가 있는 곳의 크고 날씬한 다금바리(날씬한 것은 수컷이다)가 오늘날까지도 살아남게 된 것이다.

이런 무용담을 썼다고 해서 지금도 서귀포 앞바다에서 잠수하며 수중사냥이나 채집을 할 수 있을 것으로 생각하면 안 된다. 모두 옛날 이야기일 뿐이다. 오늘날은 실제로 그것이 불법일뿐더러 불법을 따지기 이전에 모든 물고기들을 보호해야 한다.

남자가 잠수하여 잡는 것은 스킨다이빙(장비를 착용하지 않고 해녀들처럼 수면에서 입수하여 숨을 참고 잠수하는 것)이 전통적이었지만 어렵고 수중에 머무는 시간이 짧아 제한적이었다. 결국 스쿠버(압축공기를 등에 지고 마시며 잠수) 장비를 사용하면서 훨씬 오래 머물 수 있게 되었다.

오른쪽의 사진은 약 40년 전의 것으로 초기 방식인 더블 호스 호흡기(자브라)이다. 한쪽으로 흡기, 또 한쪽 호스로는 배출하는 것이다. 이때는 부력조절기(B.C) 대신 등판에 하네스라는 공기통을 멨다. 다이브 컴퓨터(다이버에게 수심, 수온, 잠수 시간, 무강압 한계, 상승 속도, 감압 정지와 감압 시간, 위험 경고 등 다이빙과 관련된 일련의 정보를 문자와 소리, 그래픽 형태로 제공해 안전한 범위 내에서 다이빙을 수행할 수 있도록 도와주는 장비)는 고사하고 잔압계(탱크 속에 남아 있는 공기량을 알리는 기구)도 없던 시절이다.

그러나 바다 속에서 쓸 수 있는 공기가 얼마나 남았는지 아는 것은 매우 중요했다. 그래서 예전에는 리저브 밸브를 사용했는데 이것은 공기압이 500피에스아이(psi)가 남으면 잠겨서 공기가 더는 안 나온다. 그러면 리저브 밸브를 내려 공기가 공급되도록 하고 슬슬 상승하면 되는 식이었다. 스쿠버 잠수를 하며 고기 사냥에 열중하다보면 위험할 수도 있었다. 스쿠버 잠수는 점차 개선되어 오늘날에는 제대로 교육만 받으면 아주 안전한 스포츠로 정착되었다.

사실 그보다 먼저 시작된 잠수 형태로 속칭 '머구리'란 게 있었다. 그것은 위험을 무릅쓰고 행해졌던 잠수기 어업이었다. 일제 강점기부터 서귀포에 있었는데 해방 후 주로 전라도 여수 쪽 배들이 와서 서귀포 바다 속을 훑기 시작했다. 그 당시 서귀포 머구리배의 선원은 여수를 비롯한

대략 40년 전 사진으로 초기 잠수부의 모습. 오늘날과 달리 호스가 양쪽에 달려 있다. ©황치전

전라도, 심지어 삼도(거문도) 사람까지 몰려왔다. 바다 속으로 들어가려면 무거운 헬멧을 쓰고, 헬멧에 물이 들어가지 않도록 잘 잠가야 했다. 물이 들어가면 앞이 안 보일뿐더러 호흡을 할 수 없으니 매우 중요한 일이다. 수중에서 방수는 중요한 것이니 헬멧만큼은 안전성이 높은 외제를 사용하는 것이 필수였다. 체온이 뺏기는 것을 줄이려고 군용 판초우의 같은 것으로 옷을 만들어 입고 무거운 납주머니를 가슴에 건다. 구부러진 꼬챙이나 갈퀴 같은 채취 도구, 그리고 그물 망태 등을 가지고 바다 속으로 내려간다.

배에서는 펌프질을 하여 바다 속에 내려간 잠수부에게 공기를 공급하고, 수심 20여 미터까지 무거운 몸을 이끌고 내려간 잠수부는 밧줄을 통하여 의사소통을 한다. 그래서 머구리배에서 조수는 펌프질을 하고 선장은 밧줄을 당겼다 놓았다 하며 의사를 전하고 듣는다. 밧줄을 통해 받는 신호로 때로는 그물바구니를 끌어올려줘야 하고, 또 바다 속에서 무슨 일이라도 벌어지지 않나 하고 선장은 항상 신경을 곤두세워야 했다.

바다 속에서나 배 위에서나 줄을 한 번 잡아당기면 '괜찮은가, 괜찮다'의 뜻이다. 보통 줄을 당겨 보내는 신호를 받으면 회답을 해야 한다. 바다 속의 잠수부가 안심할 수 있게 교류가 통하는 사인은 중요한 것이다. '무엇을 잡았

속도가 빠른 머구리배는 앞부분이 높았다. 조수는 펌프질을 하고, 컴컴한 바다로 내려간 잠수부는 공기호스와 의사전달용 줄에만 의지한 채 채취작업을 하였다.

으니 끌어 올리라' 하는 사인은 배에서는 반가운 신호이다. 줄을 연속해서 당기는 것, 예를 들면 4번씩 4번 당기는 신호가 바다 속에서 왔을 경우에 회답은 필요 없었다. 비상상태라는 뜻이기 때문에 끌어 올리는 등의 즉각 처치가 필요했다.

바다 속에서 작업하는 것은 높은 압력을 받기 때문에 힘들고 어려운 일이다. 20미터 수심에서는 대충 한 시간 정도 작업하는데 그보다 깊으면 시간을 단축하였고, 15미터 정도나 더 낮은 수심에서는 두세 시간도 작업하는데 잘 움직이지 못하는 것들은 모조리 훑는 수준이었다.

귀한 소라는 물론이고 전복도 잡고 돈 되는 것들은 다 잡았다. 당시에는 흑산호를 채취하기도 하였다. 흑산호는 단단하게 뿌리를 내리고 있었기 때문에 톱으로 잘라야 했다. 나무처럼 우거진 산호 숲에서 단단한 줄기를 자르는 것은 힘들고, 물 흐름에 흐느적거리는 흑산호 줄기에 호스가 엉키기도 하여 위험한 일이었다. 그러나 흑산호는 공예품, 담배 파이프 등의 원료가 되기에 비싸게 팔 수 있어서 위험을 무릅쓰고 잘라내었다.

머구리배는 잠수부가 오르내리기 좋도록 뱃전이 낮았다. 왼쪽의 그림과 달리 배는 더 컸고(3톤 정도) 승선 인원도 잠수부 1~2명, 조수 3~4명, 선장 등 대여섯 명이 타고 작업했다. 또 앞쪽은 이물이 길고 바이킹 배처럼 선수船首가 날씬하여 속도가 빨랐다. 엔진을 사용하고 나서는 그 시대에도 30마력 정도의 속도를 냈으니 그야말로 머구리배를 따라잡을 배가 없었다. 물때를 맞추고 정조

빗게. 그 가죽은 질기고 사포처럼 거칠다. 생명력이 강해 물 밖에 나와도 한나절은 버틴다.

(停潮, 만조나 건조 때에 물의 높이가 변하지 아니하는 기간)에 작업하려면 기동성이 필요했던 것이다. 지역과 수심, 시기에 따라 작업구역이 제한되었는데 그것을 어기고 작업하다가 도망칠 때도 속도가 빠른 것은 유용하였다. 그러나 허겁지겁 철수하다가 바다 밑에 있던 잠수부가 굼떠서 사고가 나기도 하였다.

　　머구리들이 잡던 물고기지만 오늘날 서귀포에서 볼 수 없는 것도 있는데 도랭이라는 괭이상어이다. 1미터 정도 되는데 누가 상어 종류가 아니랄까봐 힘이 매우 센데다가 물기도 한다. 그것보다도 더한 것은 빗게(수염상어)였다. 도랭이가 10킬로그램 정도라면 큰 빗게는 20~25킬로그램 정도 된다. 또한 빗게는 구렁이 같은 이빨로 무언가를 한번 물었다 하면 죽어도 놓지를 않았다. 또 잡아 올려 물 밖에 둬도 한나절이 지나도 살아 있는 경우가 있었다. 그것을 매달아서 일주일이 지나도, 또 소금에 묻으면 일 년이 지나도 상하지 않았다. 빗게의 가죽은 질기고 사포처럼 거칠어서 칼을 가는 데 사용했다.

　　그 강한 것을 상군 중의 상군인 해녀가 창으로 찔러 잡았다는 애기도 전해지지만 보통은 머구리들이 잡았다. 느긋하게 있는 빗게의 꼬리를 밧줄로 묶고 신호를 보내면 배에서 잽싸게 당겨 올린다. 그러면 빗게는 바동거리면서도 끌려 올라올 수밖에 없었다.

그러나 빗게는 이제 구경하기도 힘들어졌다. 빗게도 그렇지만 아직까지 남아 있는 다금바리는 물론 큰 돌돔들도 귀해졌다. 해초들이 사라져가고 그곳에 깃드는 작은 고기들고 적어졌다. 당연하세 큰 고기들도 귀해졌다. 바다 속 평형을 이루는 고기들의 생태계 자체가 빈약해진 것이다.

머구리 헬멧.
내가 가진 머구리 헬멧은 들기도 쉽지 않을 정도로 크고 무겁다. 이것을 머리에 쓰고서 움직이는 것은 그 자체로 고생이었을 것이다.

다금바리들의 전성시대는 지나간 것일까? 천지연 폭포 앞에 있는 넓은 주차장이 논이던 시절, 거기까지 황돔(참돔)이 올라와서 퍼덕거리던 시절이 분명 내가 살던 시대에 있었다. 같은 시대에 살고 있지만 점차 사라져가는 것들이 많아지는 것은 어찌 해석해야 할까? 사람들 숫자는 늘어나는데 정작 고기들은 줄어들고 있는 것이다. 어딘가 놀러 갔더니 머구리 헬멧이 퍼렇게 녹슨 채 어두운 마루 구석에 놓여져 있었다. 그것을 보는 나로서는 알 수 없는 세월의 무게를 느끼지 않을 수 없었다.

올라온다 북바리

밤배_ 박성배

불 밝히니 갈치 몰려온다.
캄캄한 바다 속에서 건져 올리는 것은
가물가물 지난날의 서럽던 기억.

하늘을 배경으로 꽃핀 모쿠슬낭. 나중에 노란 열매가 생기는데 잎이 모두 진 겨우내 달려 있다.

지금도

길을 가다 모쿠슬낭(멀구슬나무, 멀구슬낭)을 보면 여름날 그곳에서 '징징—' 하고 울던 매미소리가 귀에 들리는 것 같다. 겨우내 누런 열매를 매달고 있다가 여름이 되면 그늘을 만들어주던 모쿠슬낭은 폭낭(팽나무)과 함께 어린 시절에 주위에서 흔하게 볼 수 있는 나무였다. 모쿠슬낭은 가구재家具材로 활용되곤 했으나 거센 제주도 바람을 맞아서 그런지 멍이 많이 들고 구부정했다.

찌는 듯한 여름날 모쿠슬낭 아래에서 목침을 베고 자노라면, '올라온다 북바리!' 하고 외치는 소리가 귓가에 들릴 것만 같다. 더운 여름날 밀짚모자를 주워 쓰고 갯가에서 대나무 낚싯대로 낚시할 때 주변에서 울려 퍼지던 이 의기양양한 소리. 낚여 올라오는 고기를 휘두르며 냅다 외치는 소리이다.

북바리 얘기를 시작하면서 여름 낮잠을 꺼낸 것은 이제 북바리 낚시는 꿈이 되어버렸기 때문이다. 많은 어종 중에서 멸종 상태에 이른 종류는 환경의 변화나 오염에 민감한 것들이다. 내가 어렸을 때 서귀포 앞바다에서는 다른 고기들도 그랬지만 북바리(붉바리)도 낚기 쉬운 종류였다. 북바리는 입이 커서 어지간한 미끼도 덥석덥석 물어 잡혀주었다.

서귀포항에서 바다에 낚시를 집어넣기만 하면 술멩이(놀래기 종류)가 물렸다. 훗날에도 항에서 각재기(전갱이) 같은 것은 쉽게 낚곤 하였다. 서귀포항 동쪽 인근 족쟁이여, 호박여에서 대낚싯대로 우럭, 어랭이(어렝놀래기) 등을 쉽게 낚았다.

나도 중학생 때 하효 맹지미에서 코생이(놀래기) 종류 수십 마리를 두어 시간에 낚은 적이 있다. 작은 낚시에다 잘 안 떨어지도록, 갯지렁이를 말려 소금에 절인 것을 미끼로 썼다. 코생이는 먹을 것만 보면 몰려들어 꼬리가 낚시에 걸려 올라오는 게 있을 정도니 입질만 하면 낚싯대를 잡아챘다. 그래서 그때는 '낚다'보다 '후린다'는 표현을 썼다. 하효 소금막의 감저공장(고구마를 원료로 전분을 만들던 공장) 앞 갯가에서 수중 바위틈에 낚시를 던지면 때에 따라서는 조우럭(놀래미 종류)을 이십여 수 낚기도 했다. 그저 주워 담는 셈이었다. 낚은 고기를 담는 그릇을 조래기라고 불렀다. 보통은 야산에서 나는 정동덩굴(댕댕이덩굴)로 만들었지만, 바다에서 쓰는 것은 대나무로 만든 것도 있었다.

지천으로 많았던 가문돔 ● 오늘날 <바다낚시>라는 잡지에 단골로 등장하는 것이 감성돔인데 이 고기를 서귀포에선 가문돔이라 부른다. 35년 전, 낚시를 좋아하시던 중학교 담임 선생님과 밤낚시를 갔었다. 하효에서 망쟁이까지 걸어갔는데, 캄캄한 밤길을 말없이 걸어갈 때

별이 하늘을 가득 덮었던 기억이 난다. 공천포를 마주보는 쪽, 망쟁이 동쪽 바닷가였다. 기슭을 내려가 어둠 속에서 폴짝 뛰어 큰 바위로 가서 자리를 잡았다. 멋쟁이였던 선생님은 릴을 사용하셨고, 나는 2단으로 조립하는 왕대 낚싯대에 던짐술(연을 날릴 때 쓰는 얼레 같은 것)을 고리에 끼워 멀리 던졌다. 미끼는 커다란 멜(멸치)을 사용한다. 건전지를 넣은 찌의 빨간 불빛만 캄캄한 바다의 물결에 넘실댄다. 꾸벅꾸벅 졸기도 하면서 한두 시간 앉아 있었을까. 약간 지루했지만 벌써 한 마리를 낚고 미끼를 갈아 끼우느라 분주하신 선생님 눈치를 보느라 참고 있었다.

멀리 수평선은 약간 희뿌옇고, 파도 소리가 캄캄한 바다를 뒤덮는다. 하품하던 입을 다물면서 보니 갑자기 내 찌의 빨간 불빛이 사라지기에 낚싯대를 들어올렸다. 양손을 이용해 낚싯줄을 얼레에 감기 시작했는데 덜커덕하니 무거운 감각이 손에 전달된다. 고기가 문 것이다. 가라앉는 찌의 불빛이 물속에서 물감을 푼 듯 퍼진다. 낚싯대를 들었다 내렸다 하며 버티는 고기의 힘을 뺀다. 선생님은 도와줄 생각도 안 하고 껄껄 웃으신다. 부지런히 줄을 감고 낚싯대를 들었다 놓았다 놀리다보니 수면 위로 찌의 빨간 빛이 솟아올랐다. 일순 줄에 힘이 빠지기에 고기가 도망쳤나 했더니 다시 줄이 팽팽해졌다. 결국 뜰채에 올라온 것은 시커먼 가문돔, 자그마치 70센티미터나 되는 것 같았다. 가문돔은 소년에게 잡힌 것이 억울한지 바위 위에서 퍼덕거렸다. 그날 밤 선생님이 낚은 두 마리보

다 내가 잡은 가문돔 한 마리가 더 컸는데, 구부려도 큰 주전자에 들어가지 않아 꿰미에 꿰어서 들고 왔다.

가문돔은 그야말로 지천으로 많았다. 50년 전 서귀포 항에는 화물선 두 척이 들락거렸는데, 배 화장실에서 변을 누면 바다로 떨어졌다. 그것을 받아먹으려고 항내 바다 속의 가문돔들이 몰려들었다는 얘기가 전해질 정도였다.

왼쪽 사진은 내가 가문돔을 낚았던 때보다 몇 해 전인 1960년대 말 서귀포 솔동산에서 찍은 사진이다. 두 사람이 수확물인 가문돔을 맞들었다. 왼쪽 사람이 오른손에 들고 있는 게 왕대를 자른 첨대(낚싯대)이다. 바닥에 대나무로 만든 네모난 통바구니도 보인다.

흐뭇한 표정으로, 낚은 가문돔을 맞들고 있는 두 사람. 서귀포 솔동산의 옛 모습도 엿볼 수 있다.
(제주시 태공낚시 제공)

낚시의 진정한 손맛, 저립 ● 저립에 대해서 이야기 해보자. 저립은 재방어를 말하는데, 참치보다는 삼치와 비슷한 모양으로 엄청나게 크고 뚜렷한 무늬는 없다. 전에는 서귀포 고깃배들이 문섬 주변에서부터 직구섬(지귀도) 근처에서 많이 잡았다. 옛날에는 고기를 쏘기 위해 지귀도 근처에 가면 무지하게 큰 저립들 때문에 겁나서 못 들어갔다는 얘기가 있을 정도이다. 저립이 워낙 크고 힘이 세서 이것을 낚다보면 거친 어부의 손바닥도 벗겨지기 일쑤였다. 50관(1관은 3.75킬로그램)짜리를 낚았다느니, 1톤 트럭에 실을 수 없을 정도로 큰 것도 있었다느니 하는 이야기가 전해진다. 놓친 것이 70관짜리였다 하더라도 과장만은 아니었다. 저립은 크기가 2미터 이상 되는 것이 보통이기 때문이다. 그것을 팔 때는 마치 쇠고기를 파는 것처럼 무게를 달아 팔았다. 물론 부위에 따라 맛도 제각각이었다. 지금은 구경하기도 어려울 정도로 귀한데, 있다면 쇠고기보다 훨씬 비쌀 것이다.

맛없는 부위라도 토막 낸 것을 소금에 묻었다가 꺼내어 씻어 국을 끓이면 맛있었다. 너무 맛있다보니 저립 간을 먹으면 죽는다든지 그것의 어우생이(아가미)를 먹으면 대머리가 된다는 말도 전해졌다. 그것들보다 작은 종류로는 좀저립, 방저립, 깨저립(크기도 작고 깨처럼 무늬가 있는 종류)이 있었다.

더러는 갈치를 낚고 돌아오는 길에 저립을 낚는 경우도 있었다. 갈치 토막을 다섯 개 정도 꿰어 바다 속에 집어넣고 흘리면 이것이 달려들어 물었던 것이다. 어떤 경우 갈치를 통째로 미끼로 쓰기도 했다. 큰 저립을 낚을 때는 갈치의 항문 부위를 낚시에 살살 꿰어 바다에 던진 채 문섬 주변을 천천히 한바퀴 돌았는데 그러면 어쩌다 한 마리 낚을 수 있었다. 차츰 트롤링(미끼를 단 낚시를 던지고 배가 움직이면서 유인하여 낚는 방식) 낚시의 바늘도 어마어마하게 커졌다. 저립

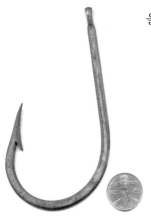

을 낚는 낚시는 왼쪽 그림처럼 컸다. 무엇을 매다는 데 쓰는 갈고리처럼 크고 튼튼했다. 또 저립을 트롤링해서 낚는 배는 급류가 흐르는 바다에서 항해해야 하므로 3톤 이상으로 커야 했다.

한바다에는 섬이나 수중여 때문에 물 흐름이 세고 저립의 먹이가 되는 고기 떼들도 모여 들었다. 몇십 미터나 낚싯줄을 흘리고 달리다보면 저립이 문다. 그때 물고기가 버티는 힘을 견디려면 원줄(배에서 늘어뜨린 두껍고 튼튼한 줄)을 뱃전에 단단하게 묶어놓아야 했다. 목줄(원줄에 이어진

저립 낚시. 백 원짜리 동전과 비교하면 그 크기를 짐작할 수 있다.

줄로 바늘이 달린 부분의 가는 줄)은 쇠줄을 사용하기도 했고, 목줄과 원줄을 겹으로 연결하여 끊어지지 않도록 했다. 때로는 저립이 물고 나서도 한 시간이나 실랑이를 벌이곤 했으니 손바닥이 벗겨지는 건 물론, 낚고 나면 온몸의 힘이 다 빠질 정도였다.

다음의 탁본은 일 미터가 훨씬 넘지만 이것은 작은 깨저립(꼬치삼치)으로 저립이라고 이름 붙이기도 부끄러울 정도로 작은 편이다. 이것들이 과거 벌초 시기(음력 8월 초하루가 기준)에 잘 낚이는 것으로 보아 난류의 흐름을 타고 이동하는 종류일 것이다.

저립 탁본 (서귀포 피싱랜드 소장)

　　아래에 있는 사진은 좀 작은 종류인 깨저립이나 저립 새끼들을 낚는 트롤링 도구인데, 좀 나중의 것으로 좋은 품질의 재료로 만들어져 튼튼했다. 낚시는 북유럽 산인 경우가 많았다. 오징어 모양의 인조 미끼를 수중에 넣으면 배가 일으키는 물보라 때문에 마구 흔들리는데 물고기 입장에서는 먹잇감으로 생각하기에 충분했다. 그래서 물이 맑으면 인조 미끼를 끄는 배는 속도를 더 내야 했다. 대체적으로 조류가 센 곳이 입질이 좋은 것은 그곳에 먹이가 되는 작은 고기들이 몰려들기 때문이다.

　　저립이 낚이면 한참 동안 씨름하다가 그것이 지쳐 뱃전으로 끌려올 때 갈고리로 찍어 올리는데, 그 순간 헤밍웨이의 소설 『노인과 바다』 주인공의 심

저립을 낚을 때 쓰는 낚시 원줄의 하나이다. 미군용 낙하산 줄을 사용하기 때문에 웬만해서는 끊어지지 않는다. (서귀포 칠십리 낚시점 소장) 왼쪽
저립 트롤링 도구 오른쪽

정을 느끼게 된다. 저립구이의 맛은 내 혀의 기억에 아직 남아 있는데, 서귀포 앞바다에서 저립은 진정 사라져버린 것일까?

낚시의 최고 재미, 돌돔　　　다음에는 돌돔 낚시에 대해서 얘기해보자. 돌돔은 제주에서는 갓돔, 갯돔이라고 하는데 예로부터 돌돔 낚시를 낚시의 최고 재미라고 해왔다. 돌돔은 그 힘이 너무 세서 낚싯대도 지금처럼 튼튼한 제품이 나오기 전에는 길고 튼튼한 대나무(왕대)를 사용했다. 그것을 돌첨이라고 불렀는데 아랫부분의 마디가 굵어 손이 작은 사람은 잡기도 힘들 정도였다. 서귀포에서 낚싯대는 호근리 변첩(변씨 성의 집)의 대나무를 잘라내 많이 만들었다.

　　오늘날 사용하는 낚싯대로도 5칸(9미터) 이상은 되어야 돌돔 낚시를 할 수 있을 것이다. 예전에는 돌돔 낚시를 하다가 낚싯대가 부러지는 경우가 허다했다. 그만큼 힘이 센 고기여서 낚시의 최고봉 자리에 올려지기도 한다.

작은 저립이지만 낚는 과정에서 손맛이 좋았는지 만족하며 웃는 두 사람. (서귀포 피싱랜드 제공)

돌돔은 보통 바위들 사이에 있는 구멍이나 굴속에 사는데, 이것저것 먹는 다금바리와 달리 식성이 까다롭다. 전복, 소라, 성게 등을 먹는데 그것도 싱싱한 것만 먹는다. 이놈은 이가 튼튼해서 소라 정도는 그냥 부숴 먹는다. 나이가 들어 이가 몽글아(닳아서 각이 없어짐)지면 딱딱하지 않은 것들을 먹기도 한다.

돌돔. 상하로 난 무늬는 성어가 되면 희미해지거나 없어진다.

돌돔은 장마철이 지나야 제철이다. 하루 중에 간만이 바뀌는 시간, 곧 '물 죽은 시간'에 낚시가 잘 되었다. 그래서 낚시의 대가들에게 잘 낚이는 시간을 물어보면 아침이나 저녁 물이 돌아선 때라고 한다. 돌돔의 낚시 포인트는 지귀도 왕다리여, 범섬 동모, 섶섬 남동쪽으로 모두 물살이 센 곳이다. 문섬 같은 곳에서도 넓은덕 쪽으로는 들물에, 한개창에서는 썰물에 잘 물었다.

수온이 차가운 시기에는 말랑말랑한 집게(그림④) 등을 미끼로 사용했고, 장마철이 지나며 수온이 상승하면 딱딱한 것들을 미끼로 쓴다. 성게도 좋은 미끼인데 몇 개를 한꺼번에 꿰어 사용한다. 그림③은 오분자기를 꿰는 방법이다. 돌돔의 미끼, 즉 돌돔이 즐겨 먹는 것들은 다 고급이다. 말랑말랑한 것들은 돌돔이

소라의 경우 ① 윗부분을 자르고 ② 처럼 꿴다. 오분자기 같은 것은 ③ 여러 개 겹쳐 꿴다. 집게 같은 것은 ④ 아랫부분을 꿴다.

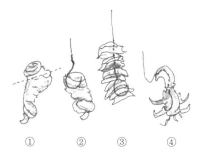

돌돔. 2005년 범섬에서 제주시 사람에게 낚시로 잡혔다. 그해 <낚시춘추>에 실린 걸로 알고 있다. 법환포구에서 쟀을 때는 70센티미터 가량이었다. 얼굴이 검고 이빨이 닳아 나이를 많이 먹었다는 것을 알 수 있었다.

산란 전에 좋아하는 것으로 추측되는데 실제 그런 것에 입질이 더 많았다. 다만 그런 미끼는 돌돔의 시선에 닿기 전에 잡어들이 쪼아 먹어버리는 경우가 있는 게 흠이었다.

본격적인 낚시 시즌이 되고 수온이 오르면 딱딱한 미끼를 사용하여 깊은 골창(큰 도랑) 같은 곳에 던져 넣는다. 일차 어신(魚信, 물고기가 미끼에 입질할 때 찌나 낚싯대에 전달되는 움직임)이 와도 가만히 두는데 그러면 돌돔이 덜커덕하고 미끼를 채어 달아난다. 워낙 힘이 센 고기니만큼 낚싯대를 고정시키는 도구가 필요했는데 아래 사진이 그 낚싯대 밑받침이다. 타이밍을 놓치지 않고 낚싯대를 들고 돌돔과 씨름해야 그것이 미끼와 낚시를 채어 바위틈이나 굴속으로 달아나

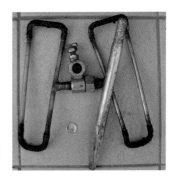

돌돔 낚시할 때 돌돔의 힘을 버티기 위해 바위에 구멍을 뚫어 이 도구를 이용하여 낚싯대를 고정한다. (목화낚시 소장)

버리는 낭패를 면할 수 있다.

그래서 낚싯줄을 어느 정도 늦추었다가 한 발 정도 풀어주면서 낚싯대에 걸리게 하기도 한다. 굵은 낚싯줄을 사용하기 편한 장구통 릴을 사용한다. 돌돔 낚시 포인트는 수중 암초와 어느 정도 깊은 수심, 그리고 조류가 적당하게 있는 곳이라야 하고 흐리거나 약간의 파도로 바다 속이 훤하게 보이지 않는 곳이 적당하다.

돌돔을 낚았다는 소문이 줄어든 것으로 보아 돌돔의 개체 수도 많이 줄어든 듯하다. 하지만 하루 종일 한 마리도 못 낚더라도 돌돔만 노리는 낚시꾼의 마음을 누가 알까.

한바다에서 낚는 솔란이 ● 이번에는 솔란이(옥돔) 낚시에 대해서 살펴보자. 육지에서 조기를 고급 생선으로 친다면 제주도에서는 솔란이를 고급으로 치는데 우선 맛이 좋기 때문이다. 앞바다에서 그날 잡아온 것(당일바리)을 그늘에 적당히 말려 구워 먹으면 그야말로 일미라 아니할 수 없다. 제사상에도 으뜸으로 올리는 것이 이 고기이고, 잔칫날 손님상에는 소금 간하여 말린 솔란이 몇 토막이 제격이었다. 절기로 치면 입춘까지가 솔란이가 맛이 좋은 때다. 싱싱할 때 미역과 함께 국을 끓인 것은 또 어떤가. 싱싱한 솔란이의 살은 토락토락(무르지 않다)한 반면 부드럽고, 우러난 국물은 배지근(맛이 깊다)하다.

이제는 얌전하게 놓여져 팔리기를 기다리는 옥돔(서귀포 매일 시장에서). 그중 한 마리의 입에는 낚싯줄이 남아 있다.

솔란이는 고기들이 보통 암초가 많은 지역(걸밭)에 사는 것과 달리 수심이 깊은 뻘밭에 산다. 수심이 대략 70미터에서 100미터 이상 되는 깊은 바다의 뻘 속에 숨었다가 낚시를 던지면 올라와서 미끼를 먹다가 낚이곤 한다. 예외적으로 걸밭에 사는 솔란이들은 그 색이 더 빨갛고 맛도 더 좋다. 수심이 깊다보니 낚아 끌어올리다가 놓친 것도 물에 뜬다. 솔란이는 부레로 부력을 조절하는데, 갑자기 끌어올리면 부레의 공기가 부풀어 꼼짝 못하게 되어버리기 때문이다.

아래 사진이 솔란이의 낚시채비(낚싯대에 갖추어 쓰는 여러 물건)이다. 삼각추 모양의 봉돌은 70호 정도의 무거운 것이다. 봉돌을 중심으로 하여 굵은 철사가 양 옆으로 있고 그 끝에서 한 발(대략 1.5미터) 정도 낚시를 맨 목줄을 늘어뜨린다. 솔란이가 물었다 놓으면 반동의 힘으로 저절로 채임질이 되는 것이다. 솔란

옥돔 낚시 도구 (김도신 소장)

이의 어신이 너무 약해 낚싯대를 쓰지 않고 낚싯줄을 얼레에 감아 사용했는데 이른바 이쁜스리(외줄낚시)라고 한다. 요즘 어부들은 주낙(낚싯줄에 여러 개의 낚시를 달아 낚는 것)으로 낚는다.

솔란이의 포인트는 수심이 깊은 한바다이기 때문에 노련한 선장의 기억과 가늠에 의존해야 찾을 수 있다(오늘날은 GPS가 이 역할을 한다). 선장은 물때, 곧 조류의 흐름과 날씨 등을 감안해 기억 속의 포인트를 찾았다. 미끼로는 청갯지렁이를 사용했는데 지금은 이것이 귀해 오징어를 채 썰어 사용하기도 한다. 흔한 크릴새우는 낚시가 바다 속 깊이 내려가는 중에 다 떨어져 나가버려 미끼로 사용하기가 곤란하다.

포인트에 닿으면 물 흐름에 유의해서 낚시를 던지고 약한 입질에 신경을 써야 한다. 그러나 솔란이도 최근에는 제주에서 낚기가 힘들어졌다. 중국 배나 멀리 나간 우리나라 배들이 먼바다에서부터 그것들을 대량으로 잡아버리기 때문인데 뻘밭을 롤러로 문질러 숨어 있던 이것들이 튀어 오르게 하고 따라오는 커다란 그물(주머니 같은 안강망)이 다 담아버리는 식이다.

우럭, 붕장어, 갈치 ● 그 밖의 배낚시로는 우럭, 붕장어, 갈치, 한치 등이 있었는데, 우럭은 "머귀낭썹이 사발만큼 하민 잘 문다(머귀나무 잎이 대접만큼 큰 때부터 우럭이 잘 무는 시기이다)"라는 얘기가 있는 것처럼 수온이 올라가야 잘 잡힌다. 수온은 5월부터 올라가기 시작하지만 낚시는 보통 본격적인 장마철이 제 시기이다.

섶섬과 문섬 사이 바다에서 야구방망이만큼 굵은 붕장어를 낚았다. 붕장어는 낚아 올리자마자 죽여야 하는데 생명력이 끈질긴 붕장어는 배 위에서 펄펄 뛰고 뒹굴어 모든 낚싯줄을 엉키게 만들어버리기 때문이다. 요즘엔 통발을 이용해 붕장어를 잡지만 낚시로 잡은 것들이 더 크고 맛있다.

옥돔을 낚는 정도의 깊은 바다(수심 70~120미터)에서 밤에 불을 켜고 낚아 올리는 갈치는 과거에 고등어와 함께 아주 값쌌던 생선이다. 물론 냉동 기술이 부족하던 때의 이야기이다.

비늘이 없어서 제사상에도 못 올라가는 갈치는 서귀포에선 더없이 싱싱해서 그 맛이 일품이다. 갈치는 물속에서 머리를 위로 하고 서 있다가 미끼들을 보면 튀어와 먹는다. 갈치를 낚다보면 꼬리가 잘린 게 있는데 올라오는 중에 동료들이 잘라먹은 것이다. 갈치의 이빨은 매우 강하기 때문에 목줄은 튼튼한 것을 써야 한다.

구릿, 따치, 황돔, 방어 ● 오늘날 서귀포 앞바다에서 낚시의 주대상은 구릿(벵에돔), 따치(독가시치), 황돔(참돔), 방어 등이다. 따치는 입질이 약한 편이어서 미끼를 잘 안 떼이려면 막대찌(막대 모양

크기에 따라 다양한 이름으로 불리는 방어는 10월에서 2월까지 서귀포 앞바다에서 가장 많이 잡힌다.

으로 위아래의 굵기가 같은 낚시의 찌)가 좋다. 따치들은 겨울에는 30미터 정도 깊은 수심에 있다가 수온이 올라오면 갯바위 쪽으로 몰려온다. 이것은 미끼에 걸려 채이면 화륵화륵(급하게) 움직이기 때문에 낚을 때 손맛이 좋아서 인기가 있다. 그러나 낚은 후에는 반드시 장갑을 끼고 만져야 한다. 등지느러미의 가시에 찔리면 통증이 심하기 때문이다(독가시치라는 이름이 그냥 붙은 게 아니다).

겨울에는 서귀포 앞바다에 방어 낚시가 한창인데 보통 10월부터 2월까지 계속된다. 비슷한 종류인 히라스(부시리)와 잿방어들도 섞여서 낚인다. 히라스는 서귀포 앞바다에서 무럭무럭 자라서 한겨울에 낚아보면 큰 것은 1.3미터 정도 되는 것도 있다. 방어 중에 작은 것은 야드라고 부르기도 한다. 방어나 히라스는 모두 맛있는 고기인데, 회를 뜨면 방어는 살이 불그스름하고 히라스는 하얗다. 어떤 사람들은 겨울 방어, 여름 히라스라고 말하기도 한다.

배를 타고 바다에 나간다. 보통 아침 일찍 나가서 낚시를 하고, 오전 중에 서귀포항에 돌아온다. 방어는 들물에 잘 낚이기 때문에 8시가 만조라면 새벽에 나가서 8시가 넘어 물이 죽으면 들어오는 식이다. 그렇다고 사리 같은 외살(물살이 아주 센 때)에는 흐름이 너무 심해 낚시가 곤란하니 물때도 맞춰야 한다. 보통 수심 30미터 내외 조류가 있는 곳이 좋은데 섶섬과 지귀도 사이에 좋은 포인트가 형성된다.

조류가 밀려오는 쪽으로 뱃머리를 대고 닻을 내린다. 조류가 센 곳에는 배를 수직으로 대면 안 된다(다소 과장을 보탠다면 배가 물속으로 들어가버릴 수 있다). 배를 대고 뒤쪽에 앉아 흘림낚시를 해야 하니 5톤 배라 하더라도 보통은 두 명밖에 낚시를 할 수가 없다. 히라스의 먹이인 멸치 같은 작은 고기들은 바다의 중층에 떼로 다니는데 히라스도 이것들을 쫓아 떼로 다니기 때문에 많이 낚을 때는 한 사람이 10마리나 낚을 때도 있다. 이것들은 이빨이 별로 발달하지 않아서 흡입하는 방식으로 먹이를 먹는다.

히라스를 낚다보면 구럿(벵에돔)이나 황돔도 물려 올라온다. 벵에돔은 큰 게 1.7킬로그램 정도지만 황돔은 크기는 1미터가 넘고 10킬로그램이 되는 것이 낚이기도 한다. 중층에 있는 히라스 낚싯바늘을 감성돔은 물지 않지만 벵에돔이 무는 경우가 있다. 비슷하게 낮은 곳에 두 종류가 있다 하더라도 낮은 벵에돔은 눈의 구조 때문에 아래를 보는 감성돔과 달리 위를 쳐다보는 어종이기 때문이다. 또한 크기는 작지만(큰 것이 40센티미터) 장마철에 낚는 벤자리를 빼놓을 수 없다. 벤자리는 오뉴월이면 알을 배는데 미역국에 그것을 넣고 끓이면 맛이 기막히다.

배에서 낚시나 어로 작업을 하다가 집어 먹기에 그만인 것은 고등어이다. 우리나라에서는 고등어를 회로 잘 안 먹지만 일본에서는 일반적으로 고등어를 간장 절임해 초밥에 얹어 먹는다. 배에 앉아 갓 잡은 고등어를 썰어 먹는 맛은 기가 막히다. 풍성하고 두껍게 썰어 입에 넣으면 참치처럼 살살 녹아 계속 집어 먹게 된다. 그 당시 어부들이 고된 뱃일을 하면서도 살이 안 빠졌던 이유는 고등어 탓일 것이다. 또한 고등어는 다른 고기에 비해 다듬기가 수월하여 먹는 데 시간이 안 걸리니 일하면서 먹어도 눈치 볼 것이 없다.

때는 한낮, 서귀포 앞바다에 떠 있는 배 위로 태양빛이 작렬하고 밀짚모자의 차양 옆으로는 남국 바다의 훈풍이 살살 스친다. 막젓가락으로 고등어 한 점을 초장에 묻혀 입으로 넣는데 망망한 바다와 수평선이 내 시야에 사선으로 들어온다.

풍선과 테우

풍선과 테우_ 강희정

풀려서 한바당으로 달아날 듯 묶어놓은 채,
선장들은 어디에 갔느냐.
폭낭 우역집에 가문잔치 있다더니 축하하러 몰려갔는지.
빈 테우 마음 가둘 공간 없으니 더욱 한가롭구나.

● 한바당 : 넓은 바다, 폭낭 : 팽나무, 우역집 : 오른쪽 집, 가문잔치 : 결혼식 전날 여는 잔치

풍선은 몇십 년 전까지만 해도 이용하던 돛단배이다. 이 배로 앞바다에 나가서 솔란이(옥돔)나 갈치 등을 낚아왔고, 해녀들도 실어 날랐다. 수평선을 넘어 하얀 돛이 보이면 잡아온 고기들을 받으려는 사람들은 싸고 싱싱한 것을 받으려는 마음에 발을 동동 구르며 배가 들어오는 것을 기다렸다. 바람으로 움직이는 배라서 바람이 없을 때는 노를 저어야 했는데 보통 서귀포 포구에서 빠져나갈 때는 노를 젓는다. 경우에 따라서는 해녀들도 노를 저었다.

돛은 뒤에 있는 허리돛대(고물대)의 것이 더 컸다. 노의 경우에도 앞의 것을 젓거리라 하고, 뒤에 있는 것은 노가 커서 한노라 불렀는데 힘 센 사람이 그것을 저었다. 또 배의 앞부분을 이물이라 하고 뒷부분을 고물이라 하는데, 배를 만들 때는 키나 노를 꽂기 위해 고물에 구멍을 뚫어야 하니 강한 소나무를 사용했다. 노는 중요하고 부러지면 안 되니까 가시낭(가시나무)을 사용했다.

풍선은 보통 1.3톤에서 1.5톤 정도였고 서귀포에서 제일 큰 것이 2.5톤이었다. 지금 배들은 칸칸이 나눠져 있지만 옛날 배는 그렇지 않아 더 크게 생각되었을 것이다. 또 나무배니까 침수되어도 부서진 뱃조각들이 물에 뜨기 때문에 오늘날의 강화플라스틱(FRP) 배보다는 더 안전하였다.

과거에는 해변 어느 곳에서나 배를 건조하였다. 큰 나무(한라산의 구상나무 같은 것)들이 귀해지자 부산에서 삼나무를 들여와 배를 짓고 테우도 만들었는데,

---

✛

풍선風船이라 하면 돛을 달아 바람을 이용하는 배인데, 실질적으로는 전통적인 덕판배를 잇는 돛단배를 말한다. 서귀포 앞바다에 다니던 것들은 주로 돛이 두 개 있는 이대선(두대박이)이었다. 테우는 뗏목식의 제주 전통 배로서 76쪽 그림 중 왼쪽의 것이다.

풍선. 숙대낭(삼나무)을 이용하여 전통적인 방식으로 만든 것이다.

그것은 부산과 가까운 대마도 산 나무들이었다. 전통적으로 제주도의 집은 상방(안방과 다른 방들 사이의 마루로 된 공간)이나 툇마루를 널판으로 했기 때문에, 제주도 목수들은 목재를 규격대로 자르고 이어 붙이는 기술에 특히나 뛰어났다.

풍선은 작은 배였지만 거친 제주 바다에서 견디게 잘 만들어졌다. 또한 제주의 목수들은 나무의 성질을 잘 알았기 때문에 목재를 용도대로 잘 이용했다. 바닥과 선체는 삼나무로 했지만 부분적으로 소나무, 가시나무, 박달나무를 썼다. 그물의 우끼(부이)는 머귀낭이나 황벽이낭(황벽나무)을 썼는데 물론 가벼웠기 때문이다(이 나무들은 가벼워서 소의 멍에에도 이용했던 것이다).

과거 기상예보와 해도(항해용 지도)가 없던 시절, 선장은 날씨와 물때의 자연현상을 가늠하고 바다의 위치를 정확하게 파악해야 했다. 육지의 지형지물이 보이는지와 크기로 해안과의 거리를 짐작하였다. 먼바다에 가서 작업하다가 갑작스런 기상 변화가 있을 때면 느린 배로는 큰 문제였다.

서귀포 앞 먼바다에서 무엇인가 미지근하고 수상쩍은 마파람(남풍)이 슬금 슬금 불면 선장은 바짝 경계한다. 수평선 저 멀리 먹구름이 병풍처럼 둘러쳐지고, 한쪽이 찢어진 커튼처럼 하늘이 열리며 그곳으로 바람이 쏠려 불어온다. 시간에 따라 구름 모양이 변하며 먹구름이 허물어지는데 그 속도를 보고 바다에 비바람이 몰아칠 시간을 짐작해야 했다. 전적으로 경험에 의존하는 것이다.

한편 테우(떼)는 원시적인 구조지만 장점도 많았다. 우선 직경이 약 20센티미터, 길이가 5미터 정도인 통나무 10여 개를 나란히 엮으면 되니까 배를 만드는 게 쉬웠다. 테우는 풍파에 뒤집히지 않아 안전하고 암벽에 부딪혀도 파손의 우려가 적다. 또 미역 같은 해초를 건져 올려놓기가 좋다.

요즘에는 테우를 숙대낭(삼나무)으로 만든다. 같은 침엽수지만 소나무가 쉽게 물먹어 무거워지며 건져 올리면 물이 잘 안 빠지는 반면 삼나무는 물을 잘 안 먹어 테우의 재료로 적격이었다. 그러나 옛날에는 어떤 나무보다도 우수한 선재船材였던 구상나무로 테우를 만들었다. 구상나무는 전 세계에서 유일하게 우리나라에서만 자라서 학명에 코리아가 들어가며 특히 한라산에 많다. 열매가 작고 푸른색을 띠는 이 나무는 꼿꼿하고 강건하게 자란다. 한라산에서 벤 나무를 포구에서 물에 띄워 조선소로 가져간 후 껍질을 벗기지 않고 바닷물에 반 년 정도 담갔다가 말려서 썼다.

테우는 전봇대 같은 구상나무 재목을 7~12개 정도 사용했다. 대체로 직사

각형 모양이었는데 앞부분이 좁고, 사용된 통나무의 직경도 작았다. 상자리라 해서 테우의 위에 앉거나 해초를 올려놓는 공간을 평상처럼 만들었는데, 그것의 발은 초낭(참나무)이나 가시나무로 만들고 위에는 대나무를 깔았다.

테우는 조류를 이용하기도 했지만 노를 저어서 다니기도 했기 때문에 이 배에도 노는 중요했다. 노의 손잡이는 소나무로도 만들었지만 물속에 들어가는 부분은 역시 가시나무로 만들었다. 닻은 구멍이 난 돌을 이용하기도 했지만 바닷물의 흐름이 만만치 않으니 어딘가 걸려야 했다. 그래서 웬만한 힘으로는 꺾이지 않는 틀낭(산딸나무) 가지로 닻을 만들고, 닻줄은 끌(칡)을 사용했는데 가지가 찢어지면 안 됐기 때문에 엮어서 썼다. 그리고 얕은 곳에서는 사울대라는 긴 장대를 짚어서 이동했고, 또 암초에 부딪히지 않게 사울대로 밀기도 하였다.

테우를 타고 생선도 낚고 자리도 거렸다. '자리를 거렸다' 함은 오늘날 자리회로 유명한 작은 생선(자리돔)을 커다란 뜰채 같은 그물로 건져 올리는 것을 말하는데, 이 그물을 사들(자리그물)이라 불렀다. 예전에는 이 사들을 장만하는 게 보통 일이 아니었다. 면綿으로 한 코 한 코 그물을 짜야 했기 때문에 자리그물 수만 코를 짜려면 장정이라 하더라도 사오십 일은 족히 걸렸던 것이다. 게다가 장마철에 그물을 간수하는 건 보통 힘든 일이 아니었다. 선풍기가 있나, 냉장고가 있나. 습기 먹은 그물에 곰팡이가 피고 썩는 게 다반사였다. 그런데다가 과거 갯가에서만 어로하던 시기에는 제주 바다에서는 그물을 쓸 수가 없었다. 암초 때문에 포인트를 잘못 잡았다간 물살에 휩쓸려 걸이 센 곳(암초가 울퉁불퉁 발달한 곳)에 그물이 닿아 사정없이 걸리고 찢기기 때문이다.

그래도 수심계며 어군탐지기가 없는 그 시절에도 선장은 기억만으로 자리여(자리가 있는 수중 암초)를 잘도 찾아내었다. 기역자로 목표의 표지물을 기억하여 위치를 가늠하는 것이 1미터도 어긋나지 않았다고 한다. 그러나 어쩌다 그물을 모랫바닥에 내리면 허탕칠 수밖에 없었다.

물때에 따른 조류도 잘 알아서 포인트를 잡아야 했는데 자리나 고기들도 이동하거니와 물살에 따라 그물이나 어구를 보호해야 했기 때문이다. 걸이 센 곳에 외살 때 그물을 잘못 내렸다가 그물이 흘러가 암초에 걸리고 찢어지기라도 하면 큰일이었다. 수면은 잔잔하고 고요하지만 바다 속 물살이 센 곳에 던졌다가는 고기는 물론이려니와 그물도 남아나지 않을 것이다.

썰물·밀물은 흐름의 방향을 바꿔버리니 결국 동력이 약한 풍선의 경우 때를 맞추는 게 중요했는데 이것은 오로지 경험으로 물때를 예상해야 했다. 바다는 변화가 많은 법, 예상이 빗나가기도 한다. 그래도 청명, 한식이 지나면 물때가 잘 맞았다고 했다. 그러다가 불쑥 태풍이 부는 여름이면 바다는 다시 좋아졌다가 동지섣달쯤 되면 거칠어졌다.

오늘날도 배의 모양만 바뀌었을 뿐 자리 거리는 모습은 비슷하다고 할 수 있다. 예전처럼 바람이나 사람의 힘으로 움직이지 않는 동력선이라 빠르고 안전

자리를 뜨고 있는 배. 이 작은 배가 모선이 되어, 작은 보트에 탄 사람과 힘을 합쳐 자리를 거린다.

하게 조업할 수 있다는 것 뿐. 또 요즘은 나일론 그물을 쓰는데 그것은 강하고 잘 찢어지지 않는다. 무거운 그물을 내리고 올리는 것도 동력을 이용해서 윈치 (winch, 밧줄이나 쇠사슬로 무거운 물건을 들어올리거나 내리는 기계)로 하니 쉽다. 수심을 알려주는 기계와 고기 떼를 찾는 기계도 있다.

잡아온 자리를 부두에 내려놓으면 손길이 바빠지지만 힘든 줄 모르고 움직인다. 다음 사진의 자리들은 잘아서 구이용으로는 별로지만 자리회용으론 그만이다. 작은 것은 뼈까지 먹기에 좋기 때문이다. 그리고 나머지는 젓갈을 담으면 된다. 따뜻해지면 자리 거리는 배들은 수심이 낮은 곳으로 이동해 자리를 뜰 것이다.

자리 거리는 얘기를 꺼냈으니 멜 거리는(멸치를 건져 올리는) 배들에 대해서도 얘기를 해야겠다. 음력 정월쯤에는 서귀포 앞바다 바로 가까운 거리에서 불을 켜고 멜 거리는 배들을 볼 수 있다. 멜 거리는 배들은 보통 10톤은 되는 동력선인데, 그런 커다란 동력선을 지으려면 집을 몇 채 살 수 있는 거금이 필요하다.

셀 수 없이 많은 자리돔들. 뒷박으로 수량을 헤아려야 할 것이다.

배에는 선장, 불잡이, 로라(윈치 조정) 두 사람, 물통(그물 집어넣는 사람) 등이 탄다. 오후 여섯 시, 쌀쌀한 바람을 맞으며 배가 나선다. 경험 많은 선장은 멜이 많은 곳을 쉽게 찾아낸다. 멜들이 불빛에 수면 가까이 올라오니 그것들을 유인하는 불잡이의 역할도 중요하다.

멜 떼들이 몰려들어 작은 어장이 형성된 곳이 가깝고 잔잔하면 고생도 덜하다. 제대로 장소를 찍으면 하룻밤에 1000말도 더 잡을 때가 있다. 노란 플라스틱 상자 20개가 100말이다. 추자도 멜이 더 크고 살쪄서 서귀포 멜의 가격은 그것보다는 더 싸다. 멜은 수요와 공급에 따라 가격이 오르락내리락한다.

한밤중에 컴컴한 부두로 들어오는 배. 어부들의 뺨에는 찬바람이 스친다. 멜 거리는 작업이 두 시간 이내인 반면 배에서 멜을 퍼서 내리는 것은 그보다

시간이 더 걸리는데다 쉬지 않고 해야 해서 더욱 고생이다. 겨우 작업이 끝나고 더운 물로 대충 샤워하면 이미 새벽이다. 그래도 솜털같이 내려앉는 몸에는 달콤한 잠이 되리라.

오늘날 서귀포에는 7~8척의 배가 멜을 잡느라 분주히 움직이는데, 이 배들은 5월이 되면 채낚기(집어등 같은 것을 이용해 어류를 모여들게 하여 채어 낚는 식)로 작업 형태를 바꾼다.

해녀의 숨비 소리

해녀 ⓒ허윤생

봄바다 해녀_손일삼

봄 바다는 춥고 거칠게 마련
빈 망사리 등에 지고 집으로 돌아오는 길
발밑에 밟히는 들꽃 고와서 문득 서럽다.

저 물마루 타고 구름 너머로 가버린
내 님도 지금 혼자서 걷고 있을까.

바다 한가운데서 '호오이—' 하고 퍼지던 그 처절하면서도 정답던 소리. 물속에서 작업하다 수면에 올라와 참았던 숨 몰아쉴 때 내는 해녀들의 숨비소리이다. 한편 이 숨비소리는, 함께 물질하던 다른 해녀들에게 무사하다고 전달하는 신호도 되었다.

수면에 올라오면 태왁을 붙잡고 채취한 것을 망사리(그물 망)에 넣고 잠시 쉰다. 요즘에야 플라스틱 제품을 태왁으로 쓰지만 그전에는 속을 파낸 박을 사용했기 때문에 '태왁 박새기'라고 불렀다. 초여름이 되어 초가집 지붕에 박이 보름달만큼 커서 여물면 골라서 따는데, 자신의 신체에 적당한 크기라야 다루기 쉽다. 박에 구멍을 내어 씨를 파낸 뒤 틀어막아 태왁으로 사용하면 된다.

박의 속을 파낸 다음 태왁으로 사용한 태왁 박새기

쉬는 시간이 5초나 될까. 숨을 고른 다음 다시 물속으로 곤두박질하여 들어간다. 빨리 들어가서 하나라도 더 찾아보고 잡아야지. 근래에는 고무로 된 잠수복에 오리발까지 차니 덜 춥고 이동하기도 수월하겠다. 그 옛날에는 소중이 하나 입고 물속에서 작업을 했다. 소중이는 무명이나 광목으로 만든 홑옷으로 상체, 하체 모두 옆으로 트여 있어서 천으로 만든 모작단추로 잡아매게 되어 있다. 막힌 쪽 어깨에 끈을 걸고 허리를 동여매면 차림이 완성

작업을 위해 배에 오르는 해녀들(법환포구에서)

된다. 무엇보다도 이 옷은 다른 사람이 있을 때도 갈아입기 편했다.

해녀들은 전복이나 소라도 잡고 미역을 채취하는데 경우에 따라서는 작살
을 던져 고기를 잡기도 했다. 이런 활동들은 번식과 산란 시기를 고려하여 기간

을 정하여 이루어지기도 했다. 지금도 해녀들은 작업 날짜를 정하여 다같이 배에 올라 작업을 나간다.

해녀들은 왼쪽의 사진처럼 배를 타고 바다로 나가다가 서툰 사람들부터 먼저 배에서 내린다. 능숙한 해녀들을 상군이라고 하는데, 그들은 보다 멀고 깊은 곳까지 간다. 40년 전에는 서귀포의 해녀 칠팔십 명 중에서 상군 중의 상군은 몇 사람 안 되었다. 그들에겐 뱃삯도 안 받았다. 12발(20미터는 족히 된다)이나 들어가는 그녀들의 기능을 빌려야 할 때가 있는데, 배의 닻이 바닥에 걸렸을 때 바닥에 내려가서 빼내줄 수 있는 사람이 상군들이었기 때문이다.

전 세계에서 여자들이 깊은 바다에 잠수하여 해산물을 채취하는 곳은 제주도뿐이다(사실 일본 대마도, 오사카 주변에 약간 있다). 제주도 여자들은 과거 부산 영도, 구룡포, 마산, 강원도, 함경도 바다까지 나갔다. 일제 강점기에는 일본, 러시아까지 해녀 일을 하러 나갔는데 제주도에선 그것을 출가라 하였다. 해녀들은 낯선 지방의 속 모르는 바다도 아랑곳하지 않고 뛰어들어야 했던 것이다.

제주도 속담에 "뜰 한 집이 부재(딸 많은 집이 부자)"라는 말이 있다. 빈둥거리거나 난리가 나면 죽어 없어지는 아들보다 부지런하게 일하는 딸이 더 귀하다는 말이다. 이것은 제주 여성들의 강한 생활력을 나타내는데, 여성의 노동력 특히 해녀 일의 우수함을 단적으로 나타낸다.

역사적으로 해녀의 근원은 조선시대의 잠녀로, 하는 일은 오늘날의 물질(해

불쬐는 해녀 ⓒ현을생

녀의 일)과 동일하였다. 물론 그때는 눈(물안경)을 쓰지 않고 물질을 했다. 바다 속에서 눈을 뜨고 잠영潛泳을 하고 나면 눈은 따갑고 시야에 끔벅끔벅 구름같이 뿌연 것이 지나가곤 하였을 것이다. 태왁의 재질이나 망사리가 나일론 줄로 바뀌고 고무로 된 잠수복을 입기 시작한 20~30년 전까지는 물질의 도구와 방식이 오래전과 비슷했다고 추정된다.

왼쪽 사진에서는 소중이를 입은 해녀가 물에 들어가기 전에 불을 피워 몸을 녹이고 있다. 해녀들은 겨울에도 바다 속에 들어갔는데, 나온 뒤에 춥고 젖은 몸을 말리고 불을 쬐던 곳을 불턱이라고 한다. 흔히 바람을 피할 수 있는 곳에 있으며 돌담으로 둘러싸기도 하였다. 과거 물을 긷던 공동수도가 그렇듯이 이 불턱도 여성들의 여론을 형성하는 장소이기도 하고 여러 가지 소식을 공유하는 장소이기도 하였다.

300년 전의 글로 해녀에 관한 긴 시가 있다. 「잠녀가」로서 『석북집石北集』에 실린 것이다. 『석북집』은 조선 후기 신광수申光洙의 한시집이다. 해녀들에 대한 애

『석북집』에 실린 신광수의 시「잠녀가」(현수언 글씨)

정과 동정심의 표현이 가슴 뭉클하게 한다. 중간 부분을 생략하며 간추려본다.

　　"탐라 여자들은 잠수를 잘 한다. 열 살이면 냇가에서 배우는 것.

　　풍속에선 신부감으로 잠녀가 제일, 부모는 의식 걱정 없다고 자랑하는구나.

　　성의 동쪽 2월, 갈구리와 구덕(바구니)과 태왁(박) 하나.

　　헐벗은 몸에, 얇은 옷(소중이) 하나 걸치고도 부끄러움 모르는구나.

　　깊고 푸른 바다에 떨어지는 낙엽처럼 허공에 뛰어든다.

　　물장구 치고 옆으로 물결 탄다.

　　홀연 물오리처럼 쏙 들어가니 간 곳 없어라. 박만 물 위에 둥실둥실.

파도 속에서 솟구쳐 올라와 박 끈을 매며 부는 긴 휘파람

숨비소리 참으로 서글프다.

그 소리 아득하게 수궁까지 메아리친다.

인생에서 하필 이 어려운 직업을 택해 죽음을 가볍게 하게 되는가.

세상에 무서운 곳 물속이 아니냐.

서울에 올려 보내자면 생복, 전복을 몇 번이나 건져야 하느냐.

그 사람들 이것을 먹으면서 이 고통 어찌 알리.

잠녀, 잠녀 당신들은 즐거워 떠들지만 당신들을 보는 나는 서글프다."

오랜만에 나는 하효에 사는 셋가시어멍(처의 숙모)을 만나게 되었다. 셋가시어멍은 지금 연세가 78세인데 아직까지 해녀 일을 하고 계신다. 열 살이 되기 전에 물질을 시작했으니 그 이력은 70년이나 된다. 비단 이 분만이 아니고 제주도의 많은 해녀들이 이와 비슷하다. 또 세월을 거슬러 올라가도 그들의 사정이 별다르지 않을 것으로 생각되어 셋가시어멍과 나눈 말을 여기에 적는다.

50년 전에 남편과 헤어져 청상과부로 자식을 키우며 살아왔지만 내가 찾아온 것이 좋아서 웃기만 하는 할머니의 달관達觀은 남다름이 있었다. 대화에서 개인적인 것들은 삭제했지만 사투리 그대로 적었으니 해녀의 삶과 그들의 바다를 고스란히 느낄 수 있을 것이다.

강영삼(●) 늙어도 허리도 꼬작허고 정정하우다. 허리도 꼿꼿하고 정정하십니다.

셋가시어멍(●) 지레 족으난 꾸작햄시네. 키 작으니까 허리가 곧아 있단다.

● 물질 요즘도 햄수과, 많이 해오셨주예? 해녀일 요즘도 하십니까? 많이 해오신
것 아닙니까?

● 응. 요새는 조끔 햄져. 혼자 살멍 물려받은 건 집뿐인디 물질허멍 밭 세개나 샀
쩌. 응. 요즘은 조금 한다. 혼자 살면서 물려받은 재산은 집뿐이었는데 해녀 일
을 하면서 밭을 세 군데나 샀지.

● 몇 살 때부터 해수꽈? 몇 살 때부터 하셨습니까?

● 혼 요답 살부터 했쩌. 약 여덟 살 때부터 했지.

지금 같으면 초등학교 1학년 때부터 해녀 일을 배우기 시작한 것인데, 그때가
1937년경이다.

● 그땐 섬배곁디도 많이 갔지예? 그때는 제주섬 밖에도 많이 가셨지요?

● 많이들 갔쭈. 나도 일본 너멍 팔정도까지 가신디 오꼿 해방되어부난 돌아왔쩌.
많이 갔지. 나도 일본 넘어서 팔정도까지 갔는데 그만 해방되니까 돌아왔지.

여기서 팔정도라는 곳은 동경에서 남쪽 태평양 방향으로 300킬로미터 떨어진

팔장도八丈島를 말한다. 그 섬은 흑조黑潮 해류의 정통 길목으로 해산물이 풍부하다.

• 전복은 많이 이십디까? 전복은 많이 있습니까?
• 전복은 많이 있어 낫주. 그런데 요샌 전복 씨도 가부렸져. 야픈 디는 두발 정도에도 있곡. 깊은 디는 다섯 발 정도에 이서. 많이 있었지. 그런데 요즈음은 전복씨가 귀해졌다. 얕은 곳은 두 발 정도, 깊은 곳에는 다섯 발 정도에 있다.
여기서 한 발은 한 번 손을 내저으며 수직으로 헤엄쳐 이동하는 거리로, 보통 1.5~2미터 정도이다. 상군은 보통 6~7발 정도의 바다에서 작업하는데 10미터 이상 되는 곳을 간단하게 잠수하는 것이다.
전복은 보통 4~20미터의 깊은 바다에만 있다. 귀할 수밖에 없는 이유는 또 있다. 전복은 성장이 느린 해물이다. 어렸을 때는 1년에 2.5센티미터 정도 자라는데 5년 된 것이 12센티미터에 불과하다. 조선시대 진상되던 것이나 요즈음 우리가 보는 상품은 보통 10년 이상 성장한 것들이다.

제주 해녀들은 고된 것을 아랑곳하지 않고 기꺼이 물에 뛰어들었다.
• 다리 아파도 휘엉 댕겨가민 존다. 나도 전에 서울강 다리 수술허젠 입원했단

약 20~30년 전의 물안경. 알이 두 개인 것보다는 진보한 것으로 고무줄이 달린 것으로 보아 근래까지도 사용한 듯하다. 고무줄이 귀했던 옛날에는 풀을 엮은 가는 새끼줄을 사용하였다.

무신건가 부에 나난 와부렀져. 경해연 물질허난 아픈 것도 조아부러라. 다리 아파도 헤엄쳐 다니면 좋아진다. 서울 가서 수술하려고 입원했었는데 무슨 일로 화가 나서 와버렸다. 그래서 물일하니까 아픈 것도 나았다.

• 일하당보민 아프진 안험니까? 일하다보면 아프지 않나요?
• 난 약도 안 먹곡 허지만 무사 물질허다보민 다 머리도 아픈곡 헌댄 헌다. 뇌선 같은 약 이시네. 몬닥 통에 가져다니멍 먹나. 나는 약 안 먹지만 왜 물일하다보면 모두 머리 아프다고 하곤 한다. 뇌선 같은 약이 있다. 모두들 통에 넣고 다니며 먹는다.

뇌선은 아세트아미노펜, 카페인 등이 들어 있는 진통제이다. 오늘날의 아스피린 같이 과거에 해녀들이 상용했던 약이다.

일하다가 해녀들은 바다에서 돌고래들을 만나기도 한다. 돌고래가 몇 마리 떼를 지어 출몰하는 것은 흔한 일이었다. 제주도에서는 돌고래를 '수애기'라고 한다. 그래도 제주 바다에는 상어가 별로 없으니 다행이다.

허벅(물을 길어 나르는 동이)을 진 여자. 1950년대의 사진으로 부끄러움 때문인지 뒷모습이다. ⓒ강성빈

＊수애기가 보이민 겁난다게. 경해도 사람 보민 해뜩 갈라져그네 피행 간다게. 그거 보이민 물 알로 아니민 배 알로 배 알로 막 왼다. 게민 그것도 자기 날개라도 거셔지카부덴 되싸정 피행간다. 돌고래가 보이면 겁난다. 그래도 사람을 보면 뒤집어져서 피해 간다. 그것이 보이면 우린 '물 아래!'로 또는 '배 아래로, 배 아래로!' 하고 막 외친다. 그러면 그것도 자기 지느러미라도 건드릴까봐 뒤집어져서 피해 간다.

조선시대에 중앙정부에서 진주까지 뺏어간 기록을 상기하여 질문을 던졌다.

＊진주 같은 것 있어났수과? 진주 같은 것도 있었습니까?

＊있어났주, 나도 봐시녜. 생복 소고배서 나온다게. 있었지. 나도 봤다. 살아 있는 전복 속에서 나온다.

＊이제 바당 속 지형에 대해서 골아줍서. 이제 바다 속의 지형에 대해서 얘기해주세요.

＊게매 직구섬 앞피는 잘도 야픈다. 쇠소깍이나 예촌망 앞인 존다. 민짝해영. 우금 너믄 바당은 노자운 디도 있곡 이디가 울퉁불퉁헌다. 하효 바당은 볼목리까지 민짝해영 날 존날은 훤허주. 글쎄, 지귀도 앞은 아주 얕다. 쇠소깍이나 예촌망 앞은 평평하다. 우금 너머 바다는 낮은 곳도 있고 울퉁불퉁하다. 하효 바다

는 보목리까지 평평해서 날씨 좋은 날은 훤하다.

여기서 지귀도 앞은 뭍 쪽을 말하는데 수심이 1~8미터 정도이며 바깥쪽 곧 한바다 쪽으로 조금 나가면 수심이 83미터나 되는 곳도 있다. 바다 속도 육지랑 비슷한데 산처럼 융기한 것이 섬이 된 것이다.

* 옛날에는 망쟁이까지 가서 구쟁기 수북허게 잡앙 져그네 걸어오곡 해신디 이젠 다 자기 마을에서 차지해부난 하효 아피만 간다. 옛날에는 망쟁이까지 가서 소라를 잔뜩 잡아서 등에 져서 걸어오곤 했는데, 이제는 자기 마을에서 차지하기 때문에 하효 앞에만 간다.

* 아이고 전엔 엉덕 아래 강보민 우럭도 무릇허게 아장 히뜩히뜩 본다. 이녁 쏘기라도 허카부덴. 이젠 못 봐. 아이고 전에는 바다의 굴 아래 보면 우럭이 앉아서 의뭉하게 히뜩히뜩 쳐다본다. 자신을 작살로 쏘기라도 할까봐. 이젠 안 보인다.

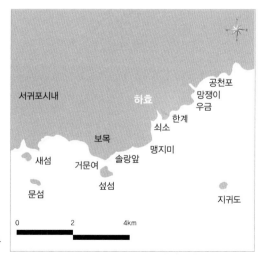

하효 바당

*혼 번은 양어장 아피 서난 성게들 영 잡잰 보민 속이 다 비어서라. 떼 지어 댕기는 괴기도 안 보이국. 한 번은 양어장 앞바다에서 성게를 잡으려고 보니까 성게들 속이 다 비었다. 떼를 지어 다니는 고기들도 안 보이고.

21세기의 바다는 오염돼서 고기와 해산물이 귀해진 것이다.

수면에 나와서 숨을 몰아쉬기 바쁘게 물속으로 들어가는 해녀의 오리발. 구분 동작을 보여준다.

*경해도 잘도 좋은다. 고무 옷 입으난 윗머리가 파삭파삭 몰르느네. 옛날 소중이 호나 입엉 수건 쓰곡 헐 때보다 겨울에도 조코. 이젠 마음부터 쫄려 가까운 디 톡톡 내려동 젊은 아이덜은 먼디 가곡. 그래도 아주 좋단다. 고무 잠수옷 입으니 윗 머리칼이 파삭 마른다. 옛날에 물소중이 하나 입고 머리에 수건 쓰고 할 때보다 겨울에도 좋다. 이젠 겁나서 가까운 바다에 톡톡 내려버리고 젊은 아이

들은 먼바다에 가고.

* 젊은 사람은 맷 살쯤 헙니까? 젊은 사람은 몇 살쯤 되나요?

* 기자 50살쯤 허민 젊은 아이주. 나도 그만썩 헐 땐 힘 조앙 상꾼이라 낫주. 그저 50살이면 젊은 아이지. 나도 그만한 나이 때는 상군이었지.

　　하하하 하고 웃는 그 얼굴을 보니 이유 모른 채 나 자신이 부끄러워졌다. 가만히 눈을 감으니 해녀들의 모습이 떠오른다. 씩씩하고 억척스러웠던 반면 수줍음 잘 타는 제주 여자들. 가무잡잡하게 탄 얼굴에 그 미소. 조개 부스러기와 모래가 깔린 바다로 가는 해녀의 발소리가 사부작사부작 귀에 들리는 듯하다.

칠십리 해안

개우지코지_ 박성배

비가 오는 날이면 이곳에 긴 장대 드리워
낚시하던 아저씨 이름 따서 동춘東春이 바위라 불렀었다.
낚시할 땐 아랫입술 깨문 모습이지만
언제나 히죽히죽 웃던 그 좋은 아저씨 이 세상에 없으니
돌돔들도 먼바다로 떠나버린 것이니.

개우지코지. 칠십리 해안의 동쪽, 서귀포 하효 바다에 해당된다.
바다를 향하여 뻗어나간 곳은 큰 고기들의 다니는 길목을 가로막은 듯하다. 돌돔 낚시 포인트였던 장소 중 하나이다.

멀리

아득한 바다를 보니 나도 모르게 가슴에 희망이 차오르는 듯하다. 한편 고개를 숙여, 가까이서 내려보는 바다 속에는 무엇이 있을까 호기심이 발동하고, 검푸른 수면 속은 알 수 없는 두려움이 넘실거린다.

초등학교 시절부터 나는 냇가와 바다에서 물장구를 쳤다. 그때는 모든 것이 그랬듯 물안경도 귀해서 맨눈으로 잠수를 했다. 민물과 달리 바닷물에서는 눈을 뜨면 따끔거리고 잘 보이지 않았다. 물속에 있는 부유물질과 염분 때문이다. 후에 눈(물안경)을 쓰고 바다 속에 들어가보니 그렇게 잘 보일 수가 없었다. 바위와 해초, 모래밭, 그리고 물고기들이 헤엄치는 것까지. 수평으로 보이며 깊어지는 바다의 검푸른 색깔은 커다란 괴물이라도 나타날 듯 두려움이 일기도 했다.

바다를 마주하는 칠십리의 해안선과 앞바다는 어떤 모양일까? 천지연 폭포에서 흘러내리는 물은 주차장 입구의 아름다운 다리를 지나 바다를 만난다. 만조가 되니 강물이 역류한다는 『상하이』(일본 작가 요코미쓰의 소설)의 서두가 생각난다. 과거에 이 다리가 없었을 때는 바닷물이 밀려와 천지연 폭포 인근의 수력발전소까지 농어가 올라왔었다. 다리 왼쪽으로 오래되어 말라붙은 포구와 건져진 작은 배들이 있고, 그 앞으로 서귀포항이 시작된다.

바닷물이 호수처럼 잔잔하기만 하다. 새섬에 연결된 방파제가 외해의 영향을 막아주는 탓이다. 그곳은 바닥이 자갈로 이루어진 3미터 정도 깊이의 내항이

✢

칠십리의 어원은 정의현(지금의 성읍리)에서 칠십 리 떨어진 곳이 서귀포여서 나온 말이라는 설도 있고, 서귀포 해안의 길이가 칠십 리여서 그렇다는 설도 있다. 언어라는 것은 습관이고 사회적인 약속이므로 '칠십리' 하면 그냥 서귀포 해안을 말하는 것으로 이해해도 될 것이다.

가운데 길다랗게 이어진 곳이 내항이고, 오른쪽에 소나무가 가득한 숲이 새섬이다. 새섬에도 방파제가
연결되어 있다.

다. 파도를 막아주는 새섬은 공중에서 보면 오각형이다. 소나무가 덮인 새섬은 서귀포항을 아름답게 꾸며줄뿐더러 기능적 역할까지 다하는 것이다. 항구의 좌측으로는 인공 방파제가 시간이 갈수록 길게 바다로 뻗어간다. 새섬 앞쪽은 깊이가 10미터는 족히 되어 항구에는 제법 큰 배들도 접안할 수 있다. 그래서 서귀포항은 30년 전에 1종항으로 지정되었다.

서귀포항의 수면은 푸르기만 하다. 그러나 그 바닥에는 바다에서 버려진 쓰레기들로 가득하다. 폐타이어들도 많았는데 모두 배에서 버려진 것들이다. 기역자로 구부러진 동방파제는 이제 확장되어 내항이 되어버렸다. 항구는 출입구가 터진 눈 목目자처럼 되어간다. 중간의 테트라포드(중심에서 사방으로 발이 나와 있는 콘크리트 블록)들은 이제 건져지고 있다. 내항에서 야간에 잠수해보니 테트라포드가 있던 자리들은 땅이 움푹 패어 있었다. 또한 그것들이 쌓여 만들어진 동굴은 매우 기괴했는데 닭새우가 살고 있었다.

그곳에서 300여 미터 남쪽에 방파제가 축조되고 등대가 앉아 있다. 이것과 벌린 양손처럼 대칭을 이루어 놓여지는 새섬 쪽 남방파제는 계속 남진하고 있다. 방파제들 때문에 바닥의 모래에 띄엄띄엄 있는 바위의 연산호들은 형편없이 뭉개어지고 있다.

방파제 밖으로 나가면 수심은 갑자기 깊어진다. 수심 약 25미터 되는 좁은 골은 서귀포항의 동쪽으로 갈수록 나팔처럼 넓어진다. 그것은 과거에 항구를 나

「탐라순력도」중의 「한라장촉」으로 정의현, 서귀진과 바다의 섬들이 잘 표기되어 있다.

서는 작은 배들이 느꼈던 물골이지만 오늘날은 느낄 수 없다. 서귀포항을 거대하게 만드는 양날 방파제 축이 조류의 흐름을 막아놓았기 때문이다. 항구의 동쪽 바다에는 물 흐름이 없어진 반면 구두미 쪽 곶에서는 부딪히는 물의 흐름이 역류하는 기이한 현상을 보인다.

하수구가 흘러내렸던 자구리에는 그것들이 밖으로 씻겨가지 못하고 오히려 쌓이는 현상이 생기고 있다. 항구의 코앞에는 문섬이 수문장처럼 버티고 있다. 그 사이 깊은 데는 수심 50미터나 되고 모래밭이 펼쳐져 있으나 중간중간에 튀어나온 부분도 있다. 문섬은 수중에서도 산이 튀어나온 형상으로 그 주변이 솟아난 형태이다.

방파제의 남측 외항은 깊이가 10미터에서 35미터 정도이다. 물골을 이뤘던 25미터 정도의 수중 직벽은 항의 바깥쪽 코너를 돌면서 남북으로 넓게 퍼진다. 방파제 동쪽을 거슬러 해안 쪽으로 가면 수심 5~6미터 안팎의 바닥에는 여기저기 암초들이 있고 드물게 감태류의 해조가 있어 밤중에 들어가보면 소라들이 매달려 있는 것을 볼 수 있을 것이다.

그 옆으로 방파제가 해안과 만나는 지점에는 삼각형으로 넓게 암반이 노출되어 있고 평행하여 나가다가 경사져 있다. 그 동쪽이 자구리 해안이다. 암초가 길쭉하게 바다로 뻗어가는 해안의 시작 지점부터, 바위가 테라스의 기둥 없는 지붕처럼 덮여 있다. 제주도에서 이른바 궤라 부르는 형태이다. 화산작용으로

쇠소깍

소금막(하효포구)

애우지코지

제지기오름

맹지미

남작여

소남머리

정방폭포

소정방폭포

자구리

거문여

허니문하우스

서귀포항

솔랑앞

배개

생이덕

구두미

섶섬

문섬

Scale 1 : 25,000

| 500 | 0 | 500 | 1,000 | 1,500 | 2,000미터 |

 서귀포 동쪽 지도 ⓒ이종창

이 장에서는 서귀포항에서 시작하여 이 지도의 오른쪽 방향, 즉 동쪽으로 해안의 지명과 해안가, 수중 지형을 설명한다.

생겨난 기이한 형태의 넓은 바위굴에서는 벽면을 타고 샘물이 쏟아지는데 여름에 물맞이 장소가 되었던 곳이며, 예전에는 식수로도 썼던 샘이다. 오늘날 샘의 물이 마르고, 흐르는 물의 수질이 좋지 않은 것은 분명 문명의 탓이다.

그곳보다 동쪽, 바다로 튀어나온 바위 언덕 소남머리까지는 자갈바닥의 바다이다. 파도에 씻겨 타원형으로 마모된 자갈들은 밥솥만 한 것에서부터 큰 항아리만 한 것까지 크기가 다양하다. 소남머리는 이곳에 소나무가 있었던 데서 유래한 지명이다. 과거 50년 전 서귀포에 피난 왔던 화가 이중섭의 그림 「섶섬이 보이는 풍경」에도 이곳 소남머리 언덕 위에는 소나무가 그려져 있다.

섶섬이 보이는 풍경_ 이중섭

소남머리 언덕 위에서 가파른 계단을 타고 내려가면 남녀가 나뉘어 멱 감던 노천 목욕탕이 있었다. 지금도 물은 흐르지만 사람의 출입은 없고 콘크리트 칸막이에는 푸른 이끼만 앉아 있다. 불과 몇 년 전까지만 해도 여름이면 얼음장같이 차가운 이 물에서 목욕을 하곤 하였다. 이 앞으로 난 좁은 낭떠러지 길을 따라가면 바다로 펑퍼짐하게 돌출된 소남머리인데 큰 고기를 낚던 포인트였다. 소남머리의 남쪽 한바다 쪽은 수심이 깊은데 커다란 바위들이 듬성듬성 자리 잡고 있다. 낚시를 던지고 앉아서, 조용하고 속을 알 수 없는 바다를 바라보면 큰 고기라도 잡을 것 같은 느낌이 온다. 이런 느낌에 말려드는 게 낚시일 것이다.

소남머리는 돌출된 큰 암반 해안이며 그곳을 동쪽으로 돌아가면 움푹 들어가는 계곡 사이로 바람과 파도 소리가 끊이지 않는다. 수심이 얕아진 것이다. 이곳에서는 언제나 파도가 바위와 자갈을 어루만져서 자갈들의 모서리를 없애고 둥글고 넓적하게 만들었다. 그곳에 몇 줄기 물벼락이 바다로 바로 쏟아지는 곳이 있다. 바로 정방폭포이다. 25미터 높이에서 떨어지는 물보라는 무지개를 만든다.

정방폭포. 물이 바다로 바로 떨어지는 게 자랑이었던 폭포. 과거에 수량이 많을 때에는 물보라에 무지개가 떴다. 진시황제의 시신이 서쪽으로 돌아가서 서귀포라 불렸는데 그 글을 이 폭포 암벽에 새겼다는 전설이 있다.

정방폭포에서 동쪽으로 가면 소정방폭포이다. 작은 정방폭포란 이름에 걸맞게 절벽과 굴, 그리고 떨어지는 시원한 물이 있다. 여름날 물 맞으러 온 우리네 어머니들의 등과 허리의 신경통을 덜어주던 곳이다. 이곳 옆으로 높은 절벽이 돌출해 바다로 나갔다. 지금은 그 위에 파라다이스 호텔이 지어졌다. 당초 이승만 전 대통령의 별장이 있던 곳으로, 허니문 하우스라는 호텔이 확장하여 새 단장한 곳이다.

수중의 지형은 육지를 닮는 법, 이곳은 물속도 깊고 바위들 사이로 고기들도 많았던 곳이다. 물론 절벽이 바다와 닿아 있기 때문에 배를 타지 않고는 이 바다에는 접근할 수가 없다. 이곳 바다의 동쪽으로 차고 깨끗한 민물이 흘러 내려온다. 그 물을 거슬러 올라가면 양어장이 있는데 서귀포 칼 호텔의 송어 양식장이다. 그 앞에는 동쪽으로 펑퍼짐하면서도 울퉁불퉁한 현무암 암반대가 펼쳐져 있는데 그곳이 거문여(검은여)로 갯바위 낚시터로 괜찮았던 곳이다.

이곳의 수중 지형은 암반들이 굵고 직선으로 펼쳐진다. 물론 바위는 해조류들로 덮여 있고 군데군데 소라들도 붙어 있는데, 바닥은 차츰 깊어지다가 구두미까지 연결되는 수중 직벽을 만나게 된다.

거문여 해안에서 동쪽으로 나가서 바다로 튀어나온 곳은 생이덕이라고 하는데 그 앞의 바다 속 수심이 5~7미터이고, 수중 아치와 기둥 같은 기괴한 암초들이 많은 곳으로 과거 대물 어종들이 진을 쳤던 장소이다. 다른 바다에 비해 바다의 사막화라고 불리는 백화현상이 심한 곳이다.

생이덕에서 식재림과 덤불을 지나 그 앞 자갈해안을 지나면 구두미이다. 제주도 옛 지명에 동물 형태와 관련된 것도 많은데 이곳은 개머리〔狗頭〕란 뜻이다. 이곳에도 작은 포구가 있다. 오늘날에는 작은 고무보트 같은 것들이 정박해 있다. 배보다는 테우를 맸던 포구였는데 그것을 말해주듯이 해변 갯콩 덤불 위

구두미 해안. 섶섬은 손에 쥐일 듯 가깝
게 보이고 작은 돌과 암초들이 사이에
놓여 있는 바다의 물은 맑기만 하다.

솔랑앞. 과거에는 해조류·갯고둥류와 간단
하게 낚을 수 있는 고기들이 많았던 곳. 백중
날(음력 7월 보름)에 이 솔랑앞에 와서 무언가
잡지 않는 사람은 환자 아니면 도둑놈이었다.

에 테우가 세 척이나 올려져 풍우에 시달리고 있었다.

　구두미에서는 섶섬이 코앞에 있듯이 가깝다. 그러나 바다 속 수심이 낮고
암초들이 많아 웬만한 배들은 섶섬 바깥쪽으로 항해해야 안전하다. 또 하나의
포구였던 앞개를 지나면 보목포구가 나온다. 확장과 개축을 거듭한 이 포구는
배개라 불러왔으니 그전부터 이곳에 배를 매서 바람으로부터 감추어왔기 때문
이다.

　보목포구, 부두의 동쪽이 솔랑앞(설엉앞)이다. 제지기오름을 배경으로 하여
끝없이 펼쳐진 자갈과 암초로 된 해안이다. 바다의 생물은 조간대에 가장 많이
분포한다. 썰물이 되면 물이 빠지고 밀물에는 물에 잠기는 그곳은 햇빛도 해초

도 숨을 곳이 풍부한 장소였다. 과거에는 큰 자갈을 들추면 그 밑에 보말, 고매기(팽이고둥류) 들이 바글바글하였다. 그 동쪽에 세경물이라는 샘이 있었는데 그곳은 하효와 경계가 된다. 그 앞을 개머리, 납작여라 불러왔다.

그리고 옆이 맹지미인데 이곳부터는 하효 바다로 그 앞의 바다 속은 작은 암초들이 분포해 있고 각종 연산호들이 띄엄띄엄 붙어 있다. 이곳은 바다에 암초들이 들쑥날쑥 잘 발달하여 오늘날에도 갯바위 낚시터로 이용되고 있다. 간조가 되면 암초들 사이로 바닷물이 작은 연못처럼 남는데 그 맑은 물에는 노래기 종류들이 많이 있었다. 노래기는 수면 위에 사람이 보여도 미끼를 보면 몰려든다. 그래서 나도 중학생 때 이곳에서 낚시를 많이 했다. 그곳에서 동쪽으로 가면 바다로 길게 뻗어나간 암초 곳이 있는데 그곳이 개우지코지이다.

하효포구가 확장되어 이제는 하효항港이 되었는데 그곳의 파도를 막는 구조물이 섬처럼 바로 개우지코지 옆까지 설치되었다. 하효항 앞으로 나가면 바다 속은 굵은 모래밭이다. 드물게 암반이 있는 곳에는 감태가 자라서 자리돔이나 기타 고기들의 안식처가 되고 있다.

하효항의 동쪽으로 펼쳐진 자갈 해안을 지나면 서귀포의 동쪽 끝 쇠소깍이 나오는데 이곳은 효돈천이 바다와 만나는 곳이다. 과거에 이곳에서 모살맹이(보리멸)를 낚기도 했는데, 큰비가 와서 하천에서 물이 많이 흘러내리면 장어 낚시도 잘 되었던 곳이다. 쇠소깍에서 저 멀리 수평선에 납작하게 보이는 섬이 직구섬(지귀도)이다. 아름다운 예촌망과 우금 해안 그리고 망앞 등도 내가 소년 시절에 즐겨 찾던 장소였는데, 이곳은 서귀포 바다를 벗어난 곳이다.

이제 서귀포 바다의 서쪽 끝으로 가면 강정과 법환의 경계가 되는 썩은섬(서건도) 앞이 나온다. 썩은섬 앞은 간조 때 수심 2미터 정도의 바다가 갈라져 바닥을 드러내며 섬으로 가는 길이 생겨난다. 섬의 남쪽 깊은 바다 방향에는 암초들이 많고 수중 동굴도 있다. 그곳에서 동쪽으로 가면 오다리라 불리는 암초 해변이 펼쳐져 있는데 거기에서는 범섬이 바로 앞에 있는 것처럼 가까워 보인다. 그 앞의 바다 속도 암초들이 울퉁불퉁 많이 발달해 있다. 이 앞바다는 수심이 30미터까지 깊어지지만 전체적으로 낮은 수심이어서 햇빛이 잘 들고, 언제나 빠른

쇠소깍. 사진의 좌측은 동깍, 우측은 서깍이라고 했는데, 어린 시절 여름에 나와 친구들이 즐겨 수영했던 곳이다. 몇십 년이면 강산도 변하는가? 썰물이 되니 그 사이에 모래 둔덕이 드러났다.

조류가 흘러서 연산호가 빽빽하게 덮여 있다. 아마도 세계에서 제일 아름다운 수중이 이 오다리 해안과 범섬 사이가 아닐까 생각된다.

그보다 조금 동쪽 해안은 배연줄이라고 불린다. 최영 장군이 배를 연결하여 묶었다는 전설에서 유래한 지명이다. 그 남쪽의 여를 물깍먼여라고 한다. 법환 포구에는 샘이 붙어 있는데 흐르는 민물은 과거에 식수로도 사용되었다. 오늘날에도 이곳에서 빨래나 목욕을 하는데 밀물에는 잠기고 만다. 그 앞쪽까지 이어지는 해안을 주서물깍이라고 한다.

그리고 막숙포구의 전통이 있는 법환포구이다. 막숙포구는 매립되어 현재 법환포구의 주차장이 되어버렸다. 법환포구는 커졌지만 입구가 동쪽으로 나 있어 여름철 태풍이나 마파람에는 다소 취약하다.

과거 망을 보던 곳이라 하여 망다리라 부르는 곳은 항구 공사와 더불어 일부 묻혀버렸다. 남해를 거쳐 주거물깍을 지나면 진머흘 해안이다. 그리고 그 동쪽의 속골깍에는 시원한 냇물이 흘러내려 여름철에 이곳에서 피서하는 것도 그만이다.

동쪽으로 갈수록 자갈로 된 해안 옆으로 차츰 절벽이 높아져간다. 그곳이 물맞이로 유명한 돔베낭굴이다. 돔베(도마)처럼 펑퍼짐한 바위가 있어 이런 이름이 붙었는데 이 부근에서는 많은

돔베낭골. 펑퍼짐한 바위 사이에 아직도 톳 같은 해초가 풍부하다. 저 멀리 보이는 곳은 삼매봉과 그것의 해안(황오지, 외돌개 등).

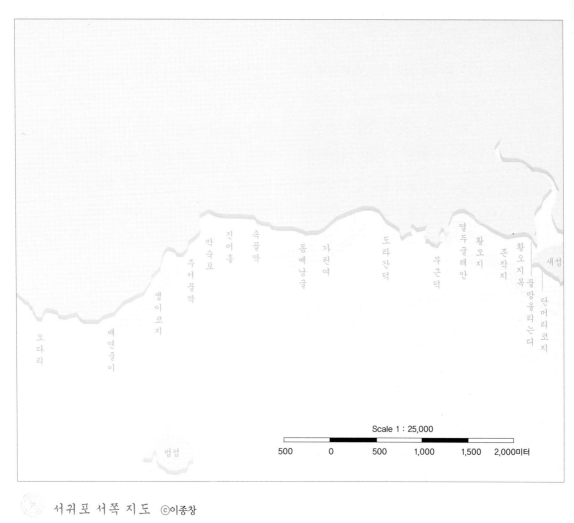

오다리　배연줄이　생이코지　주서물막　박숙포　진머흘　속골막　돔배낭굴　가린여　도라간덕　무근덕　열두굴해안　황오지　준작지　황오지목　물망올리는디　단머리코지　새섬

범섬

Scale 1 : 25,000

500　　0　　500　　1,000　　1,500　　2,000미터

서귀포 서쪽 지도　ⓒ이종창

샘이 솟는다. 마을이 없고 절벽 밑의 해안은 아직도 깨끗하여 썰물에 드러난 갯가에는 톳과 모자반들이 무성하다. 그 앞쪽은 깊지 않은 암반 해안이다. 그러다 보니 여름철에는 서귀포 동쪽의 해안보다 항상 잔파도가 더 많다. 또한 가린여가 코앞에 있다. 가린여 부근의 바다 속은 나중에 다시 설명하겠다.

　고개를 돌려 동쪽을 보면 삼매봉 줄기가 절벽으로 뻗어나오는데 바다와 만나 병풍처럼 이어진다. 절벽은 쉽게 내려갈 수 없다. 중간에 갈지자로 꼬불꼬불 내려갈 수 있는 곳이 도라간덕인데 돌아서 내려갈 수 있었기 때문에 붙은 이름이다. 이곳에는 소라들이 많았지만 절벽이 으슥했고, 정작 소라들은 작았기 때문에 해녀들이 즐겨 작업했던 장소는 아니다.

　절벽 해안 구부러진 사이에 바다 가운데서 바위 하나가 기운 좋게 솟아나와 외롭게 서 있다. 꼭대기에는 풀과 작은 나무도 있다. 이곳이 바로 외돌개이다. 과거 여기에 작은 포구가 있었는데 혼자 외롭게 떨어져 있는 포구라 해서 그렇

외따로 있어서 외돌개. 그 작은 면적에도 풀과 나무가 돋았다. 기암 절벽이 바다에 면해 있어 관광객을 모으는 곳.

게 부른다. 이 절경은 많은 사진과 그림의 대상이 되어왔다.

그 동쪽 바다에 섬처럼 떠 있지만 걸어갈 수 있는 무근덕이라는 곳은 바가지를 엎어놓은 모양인데 어떻게 보면 공룡의 등처럼 보인다. 지금도 대물을 기대하는 낚시꾼들이 자주 찾는 포인트이다. 그 옆 길쭉하게 나온 바위 해안을 기차바위라고 부르는데 그곳에도 낚시꾼들이 많다.

외돌개, 삼매봉 인근의 바다 속은 수심이 깊다. 이곳들은 여름에 너울파도가 예상외로 세서 주의해야 한다. 바람이 만드는 파도나 밀려오는 너울도 수심이 낮은 곳은 하얀 이빨처럼 파랑이 보이지만 깊은 바다에선 긴 파장만이 밀려오므로 잘 알 수 없다.

저녁노을이 붉게 물들면 날씨는 나빠진다. 머나먼 남중국해에선 폭풍이 불고 있는지도 모른다. 조용히 밀려오는 바닷물은 어둠이 깃드는 이곳 해안 절벽에 부딪히며 화를 내듯 으르렁거리며 하얀 포말을 만든다. 이곳에서 동쪽으로 돌아가면 동너븐덕이다. 그 옆의 멜든통을 지나 동쪽으로 가면 일제가 파놓은 열두 개의 굴을 칭하는 열두굴이 있는 황오지(황우지) 해안이 나타난다. 그 옆으로 존작지가 있는데 작은 자갈들이 많아서 붙은 이름으로 작지는 자갈을 뜻한다.

이제 서귀포항에 가까워간다. 황오지목은 해안 절벽 밑을 지나가는 좁은 길목이라서 그렇게 부르는데 썰물에만 지나다닐 수 있다. 몰망올리는디(파도에 밀려온 모자반을 건져올렸던 곳이라는 뜻)는 서귀포 패류화석층이 있는 곳에서 남쪽

황오지 해안. 절벽 위에 저녁놀이 수상하다. 너울파도 흰 이빨 드러내니 태풍전야임에 틀림없다.

방파제의 서안이다. 새섬 서쪽 가는 수심이 깊지 않아 해녀들이 그곳에서 물일을 많이 했다. 거기서 남쪽으로 가면 자리여가 있는데, 자리여는 이곳에만 있는 지명은 아닐 것이다. 수중에 암초가 있으면 자리들이 많았는데 그런 곳은 제주도 어디서나 자리여라고 불렀기 때문이다.

일제 강점기에 만들어진 고래공장 터에는 이제 주차장과 건물들이 들어서 있다. 이곳은 서방파제에서 바람을 쐬려는 사람들이나 유람선이나 잠수함을 타려는 사람들로 붐비는 장소가 되었다. 옛 고래공장 터에서부터 서귀포항구가 시작된다.

바당 속은 어떻게 생겼나

바닥이 주는 컴컴함과 불안한 듯한 것들과
수면의 환함이 만드는 희망과 환희를 동시에 쳐다보면서
수평으로 엎드려 새가 바람을 타듯 수중에서 유영을 한다.
몰아치는 조류에 나의 허물 씻고
산호들과 저 고기들처럼 아름다움에 머물고 싶어라.

배를 타고 서귀포 항구를 나서면 바닷물결이 설레기 시작한다. 넓은 바다가 시작되는 것이다. 추운 계절에는 어디선가 날아온 수천 마리의 갈매기들이 그 입구에 끼룩거리며 진을 친다. 그것들은 항구로 들어오는 유람선이나 먼바다로 향하는 어선의 뒤를 따라 날아다닌다. 몇 마리쯤은 항구 앞 바다에 앉기도 하고 물속으로 고개를 처박기도 한다. 무엇을 위한 자맥질일까?

항구 바로 앞에 있는 문섬과 항구 사이에도 그다지 크지 않은 수중 암초들이 있는데 그것들에 연산호가 뒤덮여 있다. 그곳은 항구 문턱인 뱃길이므로 잠수가 금지된 곳이다. 배에 앉아서 잠시 구름에 덮인 한라산을 바라보다보면 이내 문섬에 도착한다.

문섬 ● 문섬은 동서로 긴 타원형의 무인도이다. 높이 85미터의 정상에는 다양한 초본식물과 소낭(곰솔), 제밤낭(구실잣밤나무), 볼레낭(보리밥

문섬의 지형도

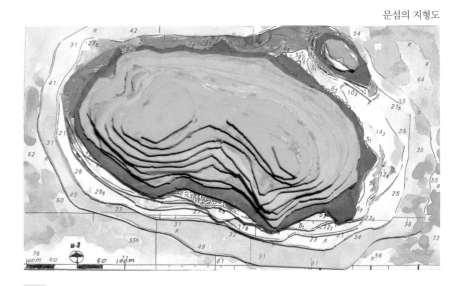

문섬과 새끼섬의 모식도. 숫자는 수심(m)을 나타낸다.

나무) 등 큰 나무들이 덮여 있다. 지형도에서 보듯 수중에 잠긴 부분도 가파른 지형이어서 깊은 곳은 수심 70여 미터에 달한다. 주황색을 칠한 부분은 연산호 군락지로서 바다에 잠긴 부분이다. 우측의 작은 섬은 새끼섬이라고 부르는 곳이다. 이곳은 한국 스쿠버다이빙의 메카라 해도 과언이 아니다.

섬 위에 발달한 편평한 파식대(파도에 깎인 넓은 평탄면)는 많은 사람이 앉아서 쉬거나 다이빙 장비를 놓아두는 공간이다. 문섬과 새끼섬 사이의 협곡은 수심이 6~17미터 정도여서 초보자가 다이빙하기에 최적이다. 이곳은 다양한 수심과 해조류, 그리고 울퉁불퉁한 수중 암초들로 인해 바다에 사는 모두에게 좋은 생활환경을 갖고 있다. 또 주변에 꽃밭처럼 덮여 있는 연산호와 자리돔을 비롯한 수많은 고기들이 스킨스쿠버들에게 볼거리를 제공한다. 처음 들어간 사람이라면 그 아름다움에 감탄하지 않을 수 없다.

왼쪽 그림은 문섬의 서북쪽에서 바라본 바다 속 모식도이다. 새끼섬에서 바다 속으로 뛰어내려 서쪽으로 이동하면 언덕이 나오는데 그곳에는 날개주걱치가 떼를 지어 다니고, 언덕을 이룬 바위들 사이로 거북복도 보인다. 수심 8미터 정도 되는 그 언덕에는 봄철에는 모자반이 숲을 이루어 다니기 힘들 정도이다. 또한 5미터 정도의 낮은 수심에는 감태들이 작은 나무처럼 여기저기 있어 물의 유동과 리듬에 따라 같이 흔들거린다.

그 언덕에서 새끼섬 뒤쪽(여기서는 서귀포 항구 방향을 뒤쪽이라 표현한다)을 돌아가면 온통 노랑과 분홍색 천지다. 벽처럼 수직인 수중 절벽에 꽃으로 장식한 것처럼 맨드라미 연산호들이 뒤덮여 있다. 그리고 그 틈틈이 해송과 온갖 종류의 생물들이 절벽 바위틈에 은거한다. 자세히 보면 새우들과 유령멍게, 그리고 갯민숭달팽이들이 눈에 들어온다. 연산호 틈으로 청줄돔 몇 마리가 지나간다. 자리(자리돔) 떼는 물 흐름을 따라 하강하고 상승하며 춤추는 듯하다. 바닥으로 내려가면 차츰 어두워지며 수심 40미터에 이른다.

다시 언덕으로 거슬러가서 내려가면 수심 15미터 정도 완만하게 경사진 지

큰수지맨드라미를 가까이서
찍었다. 큰수지맨드라미는 나
무 모양으로 높이가 20센티미
터 정도 된다.

형에 큰 바위들이 여기저기 놓여져 있다. 책상만 한
것에서부터 작은 것들이 겹쳐지기도 하고 이어지기
도 한 지형에 큰수지맨드라미 산호들이 가득 덮여
있다. 빛은 바다 속에 들어가면서 흡수되어버리니
원래는 빨간색인 그 산호들이 사람들 눈에는 보라
색으로 보인다. 연산호들은 물 흐름이 잠잠할 때는
꽃이 시든 것처럼 움츠러들지만 조류가 흐를 때나
밤에는 마치 꽃이 활짝 핀 것같이 커지고 화려해지
며 촉수로 먹이를 잡아먹는다.

　문득 달고기 한 마리가 스치고 지나간다. 이 바위 사이 자갈 틈에 문어가 들
어앉아 있다. 이 문어들은 갑각류를 비롯해 닥치는 대로 먹는다. 컴컴한 그 속에
알을 품고 있는지 외눈의 문어는 사람을 경계하는 듯하다. 그 옆 바위틈으로 작
은 노랑자리돔 치어가 들락거린다.

　깊은 쪽은 완만한 등고선 모양으로 지형이 형성되어 있다. 그쪽으로는 물
색도 어둡고 연산호도 약간 칙칙한 밤수지맨드라미들이 분포한다. 14~15미터의
수심을 유지하며 바위 위에 떠서 서쪽으로 흐르노라면 말미잘 군락을 발견할 수
있다. 이곳은 언제나 조류의 영향을 받는 곳으로 물의 흐름에 말미잘의 촉수들
이 흐느적거린다.

말미잘을 지키기라도 하듯이 이곳에는 언제나 귀여운 물고기 한 쌍이 있다. 바로 흰동가리인데 두 마리의 흰동가리가 귀엽기 짝이 없다. 말미잘을 영어로는 바다 아네모네(Sea anemone)라고 하는데 늘 말미잘 주위에 있는 흰동가리를 아네모네피시 또는 클라운피시라고 부른다. 흰동가리 한 쌍은 매해 여름 산란하고 씨를 퍼트리지만 새끼섬 동쪽에는 늘 흰동가리 한 마리만 보일 뿐이다. 그러나 이곳은 열대성이랄 수 있는 흰동가리가 확실하게 정착한 곳이어서 흰동가리 포인트라고 부르는 사람들도 있다.

흰동가리 포인트는 초보 다이버일 때 가보게 마련인데 나도 그곳에서 처음에 받았던 감동을 말로 설명하기 힘들다. 흰동가리도 그렇지만 연산호들의 느낌이 너무나 환상적이었기 때문이다. 생활 속에서 겪는 서글픔과 분노가 상쇄되어 버리는 듯한 수중의 물 흐름, 다닥다닥 붙어 있는 연산호의 보라색, 꿈길의 채색. 끝없이 쉬지 않고 유영하는 작은 고기들. 그래서 이곳이 나에겐 생활의 의욕을 다시 머금게 하는 정원과 같다. 나는 이곳을 '자산원紫珊苑'이라고 부른다.

이곳에서 서쪽으로 조금 나간 문섬의 지명은 불턱이다. 이곳이 과거 대물의

흰동가리 포인트(문섬의 새끼섬 서쪽)

낚시터가 된 이유는 조류가 있는 반면 수심이 30미터 정도로 깊었기 때문이다. 수면 위처럼 수중도 절벽처럼 가파른데다가 분홍맨드라미 연산호가 빽빽하게 붙어 있다. 이 직벽은 한개창까지 계속된다. 섬의 안쪽으로 패어 작은 만을 이루는 이곳은 움푹 들어간 곳은 수심이 약간 낮아지니 작은 계곡이 물에 잠긴 셈이다. 만으로 들어가는 곳의 낮은 수심에는 감태들이 붙어 있는데 바위틈에서 실고기(주둥이가 해마랑 비슷한 가늘고 긴 고기)를 몇 번이나 보았다. 직벽에 가득한 연산호가 수중을 노랗게 물들이고 있다.

군데군데 담홍말미잘이 보인다. 영어 이름에 기생한다는 뜻이 들어 있는 이것은 죽은 산호에 붙어산다. 이것이 붙어 연산호를 죽이는 것인지도 모른다. 담홍말미잘의 촉수는 진주같이 하얀색인데 만발한 국화꽃 같은 자태가 묘한 느낌

큰수지맨드라미 연산호가 덮인 바위 사이에 달고기가 지나간다. 수중카메라를 손에 든 스쿠버다이버도 사진이나 찍어볼까 하고 따라간다.

이 들게 한다. 서늘하지만 선정적인 느낌이랄까. 그리고 해송도 조금 보인다. 한 개창의 바닥은 점차 깊어지면서 자갈밭이다. 대충 수심이 40미터나 되는 그곳에 자갈 틈으로 돌돔이 지나가는 것이 보인다.

한개창을 지나 남서쪽으로 가면 그곳도 직벽 형태인데 30미터 가까운 깊이에는 대형 수지맨드라미 연산호들도 여러 개 보인다. 그 벽들에는 낮에 햇빛이 잘 들어서 그런지 녹조, 갈조, 홍조 온갖 해조류들이 섞여 있다. 직벽이 끝나는 곳에서 300여 미터만 나가면 수심 70미터가 넘는 깊은 곳이다.

문섬 서쪽을 끼고 돌아가면 간조시에는 넓은 암반이 드러나는 평탄한 지형이 있다. 그곳을 넓은덕이라 부르는데 그 앞은 큰 자갈밭으로 수심은 깊지 않은 완만한 형태이다. 해초류 사이에는 어렝놀래기 등 작은 고기들이 바글거린다. 그곳은 썰물에 낚시가 잘 되는 곳이기도 하다. 섬의 남쪽 면이어서 하루 종일 수중에 햇빛이 잘 드는데 연산호들은 별로 없다. 계속해서 구불구불 돌아가면 작은가다리, 그리고 큰가다리가 나온다. 움푹 들어간 지형인데, 사람의 두 다리를 '가달'이라 하는 제주 방언에서 유래된 이름이라고 생각된다. 두 다리 사이 같은 섬의 지형이 그런대로 수심도 깊고 조류가 감돌아서 좋은 낚시 포인트가 된 곳이다. 이곳의 수중에는 암반은 발달해 있으나 연산호는 띄엄띄엄 있을 뿐이다.

계속해서 가면 문섬의 동남쪽이다. 이곳에도 대형 수지맨드라미가 몇 개 보이고 그 사이를 쏠배감펭이 스치고 지나간다. 차츰 깊어지는 지형을 가진 이 섬의 직벽이 이제는 수중 계곡처럼 되어 그곳 또한 수심 70여 미터에 달한다. 결국 수중과 수면 위의 문섬 높이를 합해보면 문섬은 과거에 표고 150미터가 되는 작은 산이었다. 그런데 절반이 물에 잠긴 것이고 물속에 더 다양한 생물이 분포하는 것이다. 사람들 대부분은 그 물속에 있는 것을 보지 못하니 바다 속을 무시하고 있는 셈이다. 그 직벽은 자갈밭으로 되어 있어 모자반 같은 것이 쉽게 뿌리내리고 작은 고기들이 많이 머문다. 가시복도 자주 볼 수 있는데 가시복은 스트레스를 받으면 가시로 된 온몸을 부풀린다. 그런 반응이 가시복의 수명을 단축시킨다는 것을 익히 들어서 아는 나로서는 가시복을 피해 움직인다.

직벽은 저 북쪽의 새끼섬 북벽까지 연결되며 섬의 외륜外輪을 이룬다. 새끼섬 북벽은 그야말로 절벽 형태니 수직으로 한 단면만 나열해보겠다. 수심 2미터 미만에는 따개비들이 붙어 있다. 조간대의 특징일 것이다. 그 다음 해초류 그리고 5~10미터 정도의 수심에는 감태들이 붙어 있다. 봄에는 사이사이에 미역이

적당한 수심과 물흐름이 있는 곳에 연산호는 깃들게 마련이다. 동물에 있어서 먹이를 쉽게 구할 수 있기 때문이다.

자리 잡고 하늘거린다. 수심 10미터부터 25미터 구간에는 연산호들이 꽃간판처럼 **빽빽**하게 붙어 있고 그 사이에 해송도 있다. 25미터부터 부분적으로 기반암이 노출되고 해면도 붙어 있다. 그곳에 대형 수지맨드라미도 자리 잡았다. 그 정도 수심에는 태풍의 피해가 적어서 그럴 것이다. 40미터 바닥에는 약간 캄캄한 속에 모래가 깔려 있다. 수심에 따른 전형적인 모식도이다.

건너편 문섬과 마주하는 새끼섬의 직벽에도 연산호들이 씨를 뿌려 놓은 듯 작은 연산호들이 앙증스러운 모습으로 여기저기 붙어 있다. 이 하등동물들도 2세들이 꿈과 희망이기에 종족보존의 의무를 다한 것인지도 모를 일이다.

섶섬 ● 　섶섬의 북쪽은 수심이 낮아 외살 때(사리 전후) 조류의 흐름이 강물의 급류처럼 눈에 보일 정도인데 그 흐름은 치어들의 먹이를 많이 운반해준다. 또 섶섬의 동쪽에는 여기저기 수중과 수면 위로 솟구친 암초들이 많아서 작은 고기들의 은신처로도 적당하다. 철에 따라서 들어가보면 섶섬 주변에는 치어들이 많은데 멜(멸치), 각재기(전갱이), 방어 새끼들까지 떼를 지어 다니며 물 색을 바꾼다. 멜, 각재기, 방어의 치어들은 고등어처럼 등이 푸른 생선들이어서 위에서 내려다보면 푸른 물빛에 그것들의 등이 가려지고, 물속에서 위를 쳐다볼 때는 그것들의 배가 흰색이어서 눈에 잘 띄지 않는다. 물고기들은 살아남기 위해 그런 색을 띠게 된 것이다.

서북쪽에서 본 섶섬

보목리에서 섶섬에 가는 배가 있지만 일정하지는 않다. 보목리에서는 선장이 기다려도 손님이 없고, 서귀포에서는 연락해도 선장이 기다리지 않는 것일까? 그래서 뱃길은 더 멀지만 보통 서귀포항에서 출발하여 섶섬으로 간다.

섶섬은 다른 서귀포 앞바다 섬들에 비해 훨씬 넓은 면적을 가진 큰 섬이다. 이곳에도 한개창(황개창, 한계창으로 불리며 작은 만을 뜻한다. 문섬과 섶섬의 한개창은 그곳의 고유명사로 굳어졌다)이 있어 움푹 패인 작은 만에 배를 댄다. 문섬의 한개창은 북쪽을 향해 열려 있는데 이곳은 정서향이다. 어차피 두 곳 모두 서북풍이 불면 바람에 부대끼는 곳이다. 한개 창 앞 물속에 들어가 주춤하는 사이 수심 18미터가 되는데 자갈밭으로 된 바닥은 한개창을 벗어나면 차츰 깊어져 수심 30미터가 넘는다.

섶섬 한개창 앞 수심 25미터에 있는 바위들. 연산호들이 화려하게 덮여 꽃밭 같은 느낌이다.

고개를 북쪽으로 돌리면 수중 절벽인데 약간 완만한 곳에서는 감태들이 건강하게 자란다. 바로 앞으로 작은 승용차만 한 암반들이 겹쳐 있는데 그곳에는 바닷물이 주황색으로 보일 정도로 연산호가 가득 차 있고 작은 고기들이 그 위를 덮어 시야를 가린다.

이곳의 서쪽으로는 바닥에 자갈밭이 펼쳐지고 북쪽 방향으로는 모래밭이 펼쳐져 있다. 완만하게 코너를 돌면서 섶섬의 북단을 동쪽으로 가노라면 역시 물속에 바위들이 많다. 연산호들은 점차 드물게 분포하고 수심은 20미터가 유지되다가 약간 낮아진다. 그곳에는 감태와 해면, 해초, 그리고 말미잘이 있고, 작고 귀여운 샛별돔도 보인다.

과거부터 낚시를 많이 했던 곳이어서 그런지 바다 속은 약간 황폐한 느낌이지만 그것에 아랑곳하지 않는 작은 고기들이 많이 모인다. 여름철 동남풍이 불어올 때에도 섶섬 북단은 파도가 크지 않을 때가 많았다. 수심 15미터 이내의 암반 지역이 높낮이를 달리하면서 분포되어 있는 수중 바로 옆으로 모래밭이 끝없이 펼쳐진다. 모래 위에는 방석만 한 넙치가 엎드려 있는데 내가 자기를 쳐다보는 것도 모르는 듯했다.

동쪽으로 가다보면 다시 섶섬 가로 움푹 패인 곳이 있고 어떤 사람들은 그곳을 작은 한개창이라고 부르기도 한다. 수중에는 둥그렇게 닳은 바위들이 겹쳐져 있고 수심은 5~6미터 정도이다. 그 위에는 섶섬 정상으로 가는 길이 나 있다. 작은 한개창 주변에도 작은 고기들이 많이 보인다. 문득 시선을 돌리니 방어 새끼 떼가 가득 차 있는 것을 볼 수 있었다. 이곳에서 동쪽으로 가도 비슷한 수중 지형이지만 모서리를 틀면서부터는 급격하게 조류의 영향을 받는다. 역시 모랫바닥이지만 짬짬이 바위들이 널려 있는 형태이다.

섶섬 동쪽으로는 인공어초가 놓인 곳도 있고, 섬으로 가려져 조류가 덜한 곳도 있다. 실제로 조류는 동쪽으로 흐른다기보다 동남쪽 방향 곧 지귀도 쪽으로 흐르는 느낌이 든다. 사리 때 보면 수면 위의 쓰레기 같은 것들도 여울의 종이배처럼 쏜살같이 흘러가는 것이 관찰된다. 이곳은 보통 오전이 지나자마자 그늘져 어두워진다.

남쪽으로 내려오면 자갈바닥인데 섶섬 가에서 동쪽으로 꽤 나가도 수심이 10미터 이내인 곳도 있다. 그러나 점차 남쪽으로 깊어지는 양상을 보인다. 보통

섶섬 북단(작은 한개창 앞). 수심 10미터 내외의 깊지 않은 수심에 고기들이 몰려 있었다.

이곳을 섶섬 남동쪽이라고 부른다. 섬 쪽과 바깥쪽 모두 모랫바닥인데 중간에 겹성처럼 길게 암초들이 발달해 있다. 수중에서 남서 방향으로 축을 이루는 이 바위들은 암벽 형태로 긴 면적에 때로는 높고 낮게 형성되어 있다.

12미터 정도에서 시작되는 수심은 10미터 이상 더 깊어지는데 완만하게 경사진 지형이다. 그 바위 위에 감태들도 많이 붙어 있지만 바위 밑동으로 들어가도 연산호는 드물다. 그러나 자리 등 치어들은 그 바위들이 병풍처럼 가려주는 사이 공간을 안전하게 생각하는 듯 많이 모인다. 바위의 굴곡이 심해 곳에 따라 기괴하게 보이기도 한다. 구석에 굴처럼 생긴 바닥에는 올 적마다 다금바리가 보였다.

동쪽으로 가도 수심은 깊어지지만 바위들은 계속 많고 연산호들도 있다. 섶섬의 남측은 조류의 영향도 덜 받고 수심은 30미터 이상으로 깊어진다. 남쪽에서도 동쪽에 있는 코지는 밀물에 감성돔이 잘 낚였던 포인트이다. 그래서 낚시꾼들은 참돔코지라고 부른다.

섶섬 남쪽 외해로는 겨울철에 방어나 히라스(부시리)들도 떼 지어 몰려든다. 그러나 여름에는 너울을 조심해야 하는 해안이다. 그곳의 코너를 돌아 섶섬 한개 창으로 가는 직벽에는 대형 수지맨드라미들이 25~30미터 수심에 분포해 있다.

이곳의 연산호 군락은 차츰 풍부해지는 느낌이다. 바닥 수심이 45미터까지 연산호들이 붙어 있다. 북쪽의 모랫바닥과 달리 이곳 섶섬 서쪽의 바닥에는 자갈이 깔려 있다. 그리고 섶섬과 문섬을 잇는 바닥에도 바위들이 울퉁불퉁 많으며 수심은 30~50미터의 깊이로 계속된다. 걸이 좋은 곳(암초들이 많은 곳)에는 암초에 걸려 찢긴 그물들도 많이 있는데 그것들은 모두 건져야 할 것들이다.

범섬 •　　동쪽의 섶섬 그리고 서귀포 항구 앞의 문섬과 비슷한 축에 있는 섬으로, 서쪽의 범섬은 서귀포의 여러 섬 중에서도 가장 남성적이다. 이곳은 호랑이를 닮은 형상 때문에 범섬이라 불리는데, 찌그러진 원통처럼 절벽으로 이루어진 범섬은 어느 방향에서 보아도 장엄한 느낌이다. 동쪽에 나 있는 두 개의 해식동굴은 콧구멍이라고 부르는데 '호랑이의 콧구멍'이라는 뜻이다.

　이 앞의 수중에는 바위들이 들쑥날쑥한 모양이다. 15미터 정도의 수심에는 연산호도 조금씩 있고 여러 가지 해조류가 바위에 붙어서 나풀거린다. 해초가 있으면 고기들이 많은 법, 이곳의 섬 가장자리 좁은 파식대에는 낚시꾼들이 없는 날이 없을 정도이다. 바다 속을 살펴보면 각종 고기들과 다금바리 한 쌍이 언제나 이곳에 있다. 섬 앞 바다 속에서 서쪽으로 가다보면 수심 10미터 내외까지 바위들이 있고, 그 앞으로 수심 30미터 가까이 되는 곳은 모래밭이다. 기이하게도 모래밭에 드문드문 대형 수지맨드라미(연산호류)들이 서 있다. 자세히 보면 그것들이 뿌리 내린 곳에는 작은 자갈들이 모여 있다. 연산호는 그 자갈에 의지하여 그렇게 크게 자란 것이다.

범섬을 호랑이라 쳐서, 이곳은 해식동굴이 두 개 있어 콧구멍이라 부른다. 북서풍이 불 때도 이곳은 잔잔한데다 그앞에 수중 암초들이 발달하여 좋은 낚시 포인트이다.

그 서쪽으로 바위들이 밀집해 언덕처럼 두드러져 있다. 수심 15미터를 밑도는 그곳, 말미잘 군락에 사는 흰동가리 한 마리가 무엇을 지키려는 듯 사람 손을 향해 달려들기도 한다. 이곳이 범섬과 새끼섬의 중간 접점쯤 된다. 조류가 마주쳐 보통 물 흐름이 있는 곳이다. 흰동가리가 있는 곳보다 주변의 낮은 쪽으로 가면 자리돔, 노랑자리돔, 어렝놀래기, 뱅에돔 등 작은 것들이 바글바글하다.

범섬의 새끼섬 쪽으로 가다보면 바닥은 수심 26미터의 자갈밭이고, 그 앞의 직벽은 20미터 정도 병풍처럼 이어졌는데 연산호와 해송이 붙어 있다. 연산호는 살구색·오렌지색·보라색 등이고, 해송은 흰색·갈색·녹색의 작은 것들도 있다. 직벽을 올라서면 수심 13미터에서 5미터까지 계속되는 완만한 감태밭이다. 직벽은 새끼섬 서쪽으로도 계속된다. 점차 깊어지는 자갈바닥은 외해 쪽으로 가면 40미터에 이른다.

새끼섬 서쪽 끝은 조류가 갈라지는 분기점으로 낚시의 A급 포인트이다. 남동쪽 방향으로 이어지는 수중의 직벽에는 연산호들이 많아진다. 썰물에 조류가 더 세지는 이곳의 물 흐름 때문에 연산호도 많고 바다 속도 깨끗한 느낌이다. 수중 20미터 정도에 섬의 수중 사면에 깎아놓은 계단 모양이 나타난다. 바깥쪽 깊은 쪽으로 가면 물은 시퍼렇고 수심은 40미터에 이른다.

새끼섬의 남쪽으로 돌아서면 그것의 면은 틈이 생긴 것처럼 되어 있고 수중까지 벌어진 양쪽 면은 바위를 포개놓은 듯하다. 분홍맨드라미를 비롯한 연산호가 가득 덮인 틈으로 바닷물이 들락거리며 으르렁대고 수면 쪽으로는 물거품이 인다. 물거품이 일면 산소가 녹아드는데 그런 곳을 좋아하는 돌돔과 벵에돔들이 여러 마리 보인다. 새끼섬 남쪽 면에도 낚시하기 좋은 곳이 있는데 그곳 물속에는 집채만 한 바위가 솟아 있다. 그런 장애물들은 고기와 산호들에게 좋은 안식처이다.

바닥은 자갈밭으로 수심 20미터 이내이며 동쪽으로 가면서 차츰 낮아져 15미터 정도가 된다. 새끼섬과 범섬 사이를 나누는 점이라는 듯이 가운데 암초가 하나 있는데 간조시에는 윗면이 수면 위로 드러난다.

암초 서측면이나 반대쪽으로나 북쪽으로 올라서면 새끼섬과 범섬이 이루는 협곡 같은 수로다. 그곳은 5미터 정도의 낮고 좁은 수중 계곡으로 배들은 다닐

새끼섬

범섬

작은항문이도

홍합여

20

15

30

2

12

16

20

25

남쪽에서 본 범섬

수 없다. V자로 된 그곳의 양 벽에는 감태와 연산호가 드문드문 있는데 거기에 개오지 고둥이 여러 마리 앉아 있었다. 그 계곡으로 가지 않고 범섬의 사면 수중을 더듬어 가면 자갈바닥인 곳이 나오는데 그곳의 수심은 12미터 정도이다. 계속 가다보면 암초가 길게 있고 그 동쪽의 정수리는 수면 위에 튀어나와 있는데 그곳이 낚시 포인트인 홍합여이다. 거기서 남쪽 외해 쪽으로도 집채만 한 바위가 솟아 있고 바위는 온통 연산호로 덮여 있다. 그 위에는 자리와 놀래기들이 가득 모여 물 흐름을 즐기고 있다.

홍합여 가장자리로 돌아가면 수심이 낮아지는데 그곳이 호랑이 콧구멍 중에 하나인 작은항문이도(서쪽의 작은 굴)로 호랑이 콧구멍 뒤쪽에 따로따로 뚫려 있는 것이다. 동굴 입구의 수심은 10미터 정도인데 동굴 속으로 들어갈수록 차츰 수심이 낮아지며 우측으로 구부러진다. 가마솥만 한 바위들이 깔려 있는 바닥에서부터 수중에 가득 차 앞길을 가로막는 고기 떼는 날개주걱치들이다. 그 동굴에서 나와 모서리를 돌아가면 큰항문이도이다. 22쪽에 있는 범섬 사진이 물 위에서 찍은 큰항문이도의 모습이다.

그곳에서 동쪽으로 간 곳이 동모이다. 그 앞은 깊은 수심과 조류 그리고 바위들 때문에 돌돔 낚시로 이름난 포인트이다. 수심은 들쑥날쑥 20미터에서 30미

평평한 곳보다 이렇게 바위가 있는 곳에 와류도 생기고, 고기들도 더 몰리게 마련이다.

터로 수중에는 발달한 암초들 위에 연산호가 덮여 있다. 모서리를 돌아간 범섬의 동쪽 면은 절벽이라 사람이 뛰어내릴 수 없는 곳이다.

범섬보다 남쪽 외해 쪽으로는 수심이 깊어지는데 그곳을 들어가본 사람의 얘기로는 60미터 바닥에 해송이 여러 개 있다고 한다. 그 정도 수심은 너무 깊고 어두워 보통 사람들은 접할 수 없다.

반면 범섬을 사이에 두고 건너편, 곧 범섬의 서북쪽 바다 속에는 아름다운 수중세계가 펼쳐져 있다. 이곳은 일명 기차바위라고 불리는데, 망망한 바다에서 어딘지 찾긴 힘들지만 대충 내려가도 그 근처는 비슷한 바다 속 풍경이 펼쳐진다. 이곳은 수심이 20미터 내외로 암반이 기차처럼 길게 발달해 있는데 그 바위들을 연산호가 온통 뒤덮고 있다. 열차의 모든 연결 차량이 꽃으로 덮여 있다고 상상해보라. 형형색색의 연산호가 덮인 바위들 사이에는 고기들이 들끓는다. 나도 이곳에서 그 드문 북바리를 본 적이 있다.

가늠해둔 위치로 잠수하기 위해서는 조류가 멈추는 정조 시간을 택해야 한다. 기차바위는 언제나 바다의 물 흐름이 있는 곳이기 때문이다. 그렇지 않은 경우 보트에서 내리자마자 머리를 아래로 향하며 급속하게 하강하여야 한다. 그렇지 않으면 몸이 조류에 실려가 버리기 때문이다.

아래 사진에 보이는 곳은 기차바위의 일부분으로 연산호가 덮인 바위 정상은 수심 15미터 정도이고 바위의 밑동, 곧 바닥은 25미터 정도 된다. 이런 바위들이 포개어지며 끝없이 계속되니 마치 금강산의 계곡 한 줄기가 물속에 들어앉은 것만 같다. 그것도 단풍이 활짝 든 가을의 모습으로 말이다.

해안가 쪽이라고 해서 물속 지형이 다양하지 않은 것은 아니다. 화산도인 제주섬의 바위들은 물속에 들어가서도 개선문 같은 아치를 이루고 불쑥불쑥 솟아나 있다. 이 바위들은 해초류와 연산호, 그리고 많은 종류의 고기들에게 안식처가 되고 있다.

서귀포 앞바다의 서쪽 끝 썩은섬 앞에서부터는 기암들이 수중에 널려 있다. 그곳에서 외해로 조금 나가면 수심 10미터 정도에 수중 동굴이 있는데 굴의 뚜껑에 해당되는 바깥쪽에는 감태가 뒤덮여 있고, 줄도화돔은 물보다 많을 정도이다. 동굴 속에는 50센티미터 정도 크기의 닭새우들이 더듬이를 번뜩이며 천장

기차바위. 물 흐름이 세서 연산호가 많다. 발을 아래로 해서 천천히 하강하면 물살에 떠내려갈 수 있기 때문에 사진 속의 다이버는 머리를 아래로 하고 핀킥을 하여 신속하게 내려오고 있다.

과 벽에 붙어 있었다.

돔베낭굴 해안의 절벽 위에서 보면 바다 한가운데 두 개의 암반이 솟아 있다. 그것이 가린여인데 그곳에서 문섬 방향으로 수중 계곡이 쭉 이어진다. 문섬 쪽으로 갈수록 계곡이 점차 활시위 모양으로 휘어지는데 윗면에는 해초가 우거진 암반이 있고, 바닥에는 굵고 하얀 모래가 덮여 있다. 가을철에 접어들면 이곳의 따뜻해진 바다 속에는 작은 고기들을 잡아먹는 쏠배감펭이 모여든다. 이곳에는 모랫바닥과 계곡 위를 넘나드는 쏠배감펭이 열 마리 이상 모여 있기도 한다.

계곡 위에는 감태나 미역들이 뒤덮여 있고 전갱이 떼와 자리돔, 돌도화돔, 그리고 멜 같은 것들이 해초 사이에 가득하다. 그 아래 내려다보이는 계곡은 웅장한 모습이다. 계곡 안의 수심은 14미터부터 시작하여 차츰 깊어진다. 약간 틀

가린여 바다 속. 암반이 패여 계곡이 쭉 형성되어 있다. 요철 모양의 지형에 고기들이 많게 마련이다.

어졌지만 남쪽으로 향하던 계곡은 수심 20미
터쯤 오면 서쪽 방향으로 급하게 휘어진 형
태를 보인다. 그 부분에는 바위들도 큰 것들
이 보인다.

가린여 앞 해안. 우측 바다 위로 보이
는 암초가 가린여인데 수중 지형을 둘
로 갈랐다 하여 그런 이름이 붙었다.

　새섬에는 소나무들이 숲을 이루고 있다.
곰솔(소낭, 해송, 흑송)인 이것들은 성장 속도
가 빠르다. 중학생 때 외돌개 입구로 소풍을
갔을 때는 내 키보다 작았던 것들이 이제는
20미터를 넘는 것을 보면 알 수 있다. 새섬은
수십 년 전 이곳에 사람이 살던 때는 새왓(띠
밭)이었는데 그후에 소나무들이 자라며 숲을 이뤘다.

　서쪽 방파제에서 작은 수로를 건너면 새섬에 올라설 수 있는데 가를 따라가
다보면 서쪽의 높은 바위 위가 단머리코지이다. 새섬의 북단이 서귀포항을 이루
고 있는 만큼 단머리코지는 큰 파도와 바람을 막아주는 역할을 하고 있다. 그러
나 연중행사처럼 태풍이 올 때면 남쪽에서 밀려온 파도가 이 높은 바위를 뛰어
넘는다. 하얀 물보라가 부서지는 광경은 바다가 울부짖는 것인지 화를 내는 것
인지 알 수 없게 만든다. 그앞 바다의 수심은 5미터 내외이다. 모서리를 돌아서
섬의 남측면에서 동쪽으로 갈수록 깊어진다.

남벽 앞 바다 속에는 크고 작은 바위들이 여기저기에 있다. 어떤 곳은 바위들이 겹쳐져 수중 아치를 이루었다. 이곳은 수십 년 전 내가 낚시를 하다가 낚싯줄이 걸렸던 곳으로 수심은 15미터 내외이다. 섬의 벽을 왼쪽 어깨에 두고 나아가면 동쪽으로 가는 셈이 된다. 수심이 깊어지는 쪽은 굵은 모랫바닥인데 어느 한적한 시골에 작은 집들이 옹기종기 모여 있듯이 바위들이 자리 잡고 있다. 수심은 20미터 조금 더 될까 말까 하지만 남쪽으로 갈수록 깊어진다. 그 바위들에도 연산호가 꽃처럼 덮여 있다.

새섬 주변은 항구에 포함되어 접근하기가 힘든데 생각보다는 깨끗한 상태를 유지하고 있었다. 한편 거대한 크레인이 새섬 유역에 인공 구조물을 떨어뜨리는 작업을 하고 있다.

서귀포 앞바다는 그속 어디에 들어가도 모두 아름답다. 그 넓은 곳 어디에도 같은 모양이 없는 것은 자연이기 때문이다. 지형이 들쑥날쑥하고, 기묘한 바위들이 널려 있지만 눈에 거슬리는 게 없다. 그런데 인간은 자기들의 영역을 넓

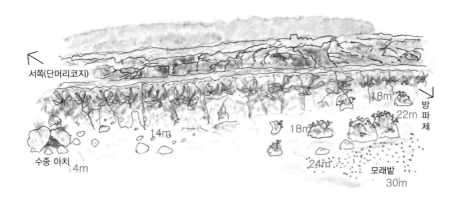

새섬(단머리코지)

힌다고 그 자연을 파괴하고 부수는 것이다. 인간이 우선이지만 자연이 보존되어야 인간의 삶이 지속될 수 있다고 확신한다.

바지선(화물 운반선) 위의 크레인이 내는 굉음과 함께 던져지는 크고 무거운 구조물들이 바다 속으로 들어간다. 미래와 그 결과에 확신이 없으니 변하는 것이 두렵다. 도대체 인류의 그 길고 긴 역사 속에 자연 자체가 좋은 방향으로 변한 사례가 있기는 한 것일까.

흑산호와 맨드라미

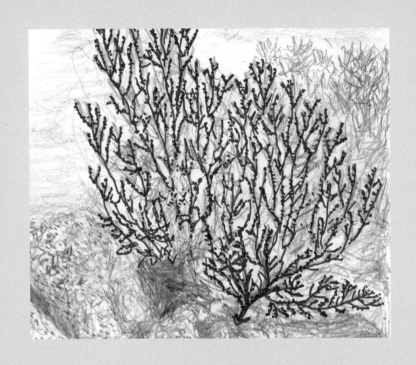

어두운 바다 속에서 조류를 이기며
서서 버티고 있다.
진정 아무것도 봐주거나 알아줄 것을 기대하지 않고.

그러나 가슴속에 굳게 품은 그리움으로
빨갛게 타오르고 있었다.

서귀포

앞바다의 수중 절벽을 스치고 지나다보면 소나무 모양의 것이 눈길을 끈다. 바로 해송이다. 해송에는 가지가 긴 긴가지 해송도 있고, 녹색을 띤 것과 적갈색의 해송도 있다. 그전에 서귀포에서는 무낭(산호)이라고 불렀는데 머구리라고 불리던 잠수부들이 과거 그것의 밑둥을 톱으로 많이 잘라내었다. 파이프 재료로 돈이 되었던 것이다.

해송은 흑산호로서 수중 바위에 붙어 움직이지 못하지만 동물이다. 그것의 골축骨軸은 딱딱한 탄산칼슘이 응축된 것으로 단단하고 아름다워 바다의 보석이 되었다. 1년에 3센티미터씩 자란다고 하니 1미터의 해송은 30년 넘게 자란 것이며, 3미터 되는 것들은 100년 묵은 것들이다. 그러니 절벽이나 바위에 부착된 것은 인간의 힘으로는 뜯어낼 수 없어 잘라내는 수밖에 없다.

아래 사진의 흑산호는 밑둥의 둘레가 10센티미터가 넘는 것이다. 실종된 낚시꾼을 찾으러 관탈섬(제주도 북쪽에 위치한 무인도)에 갔던 ㅊ 씨가 오래전에 주워온 것이다. 아마도 닻에 걸려 뽑혔을 것이다.

집안에 두면, 처음에는 동물이 아니랄까봐 산호충과 유기물이 부패하며 고약한 냄새가 난다. 세월이 지나면 골축만 남아 흑산호임이 드러난다. 과거 군대에서 휴가 나왔다가 복귀하던 형이 중대장에게 선물용으로 사가던 물뿌리(파이프)도, 누님의 산호 브로치도 바로 이것으로 만든 것이다.

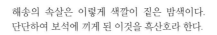

해송의 속살은 이렇게 색깔이 짙은 밤색이다.
단단하여 보석에 끼게 된 이것을 흑산호라 한다.

여러 가지 산호들이 바위에 붙어 있다. 조류가 어느 정도 센 곳에 산호가 많은 이유는 조류에 실려 오는 먹이를 구하기가 쉽기 때문이다.

푸석푸석한 홍산호나 백산호보다 이 단단한 흑산호를 더 쳐주었음은 물론이다.

산호는 자포동물문 산호충강에 속하는 무척추동물이다. 같은 자포동물에 속하는 해파리가 흐느적거리며 물 흐름을 이용하며 돌아다니는 것과 달리 산호충강인 산호들은 한자리에 고정되어 물에 실려 온 먹이를 자포(하얀 솜털 같은 촉수)를 이용해 잡아먹는다. 특이한 것은 말미잘도 같은 산호충강에 속하며 육방산호류로 고착생활을 한다는 점이다.

산호는 종류가 다양한 것처럼 모양과 크기도 천차만별이다. 추운 바다에는 산호가 드물고, 열대 바다에는 딱딱한 산호만 있다. 난류와 찬물이 섞이는 아열대 바다인 서귀포 앞바다는 연산호의 보고이며 전시장이다. 연중 얼음같이 찬 바다나 일 년 내내 미지근한 열대 바다에 비해 사계절의 변화 속에 다양한 생물이 오고가는 서귀포 바다야말로 연산호가 살기에 가장 적당한 환경일는지도 모른다.

쿠로시오난류가 영향을 미치는 일본 이즈 반도에도 연산호가 있으나 아름답고 개체 수가 다양하기로는 서귀포 앞바다에 못 미친다. 나 역시 아타미(이즈 반도에 있는 도시) 앞 섬에도 가봤지만 수중에서 본 것들은 서귀포 바다에 비교할 수 없음을 확인했다.

서귀포 앞바다에 가장 많이 분포하는 것은 분홍맨드라미로 보통 수심 5미터에서 15미터 사이에 많이 분포한다. 물론 더 깊은 곳에도 분포한다. 문섬과

밤에 본 연산호. 조류가 센 시간이나 밤에 먹이 활동을 할 때는 연산호가 활짝 핀다.

섶섬에는 햇빛이 덜 드는 북벽과 서쪽에 발달한 것과 달리 범섬에는 남쪽에 많다. 햇빛을 직접 받고 사는 것은 아니지만 먹잇감이 많은 곳, 깨끗한 수질의 바다 속에 산다. 범섬의 경우 남쪽의 조류가 센데 거기에는 수지맨드라미만 10여 종 이상 분포한다.

분홍맨드라미들이 수중 절벽에서 옆으로 자라는 것과는 달리 큰수지맨드라미는 문섬 새끼섬 서쪽의 바위 위에서 수직으로도 자란다. 이것들은 주황색이나 빨간색을 띠는데 물속에서는 보라색으로 보이기도 한다. 빛이 깊은 바다 속으로 가면서 흡수되기 때문이다.

대형 수지맨드라미는 수심 30미터 전후에 띄엄띄엄 서 있다. 그것들은 문섬 동남쪽, 새끼섬 동북쪽, 문섬 한개창 남서쪽, 섶섬 한개창 남쪽 등 깊은 곳에 보인다. 깊은 곳에만 있는 이유는 그 정도 수심이라야 태풍이 불 때 영향을 덜 받기 때문일 것이다. 범섬 새끼섬 동쪽에는 특이하게 대형 수지맨드라미들이 모랫바닥에 서 있는 것을 볼 수 있다. 가시산호류와 해양목 산호 그리고 그외의 것들까지 합하면 서귀포 앞바다의 산호들은 100여 종은 될 것으로 생각한다.

연산호가 속한 산호충강(Anthozoa)은 영어로 꽃 같은 동물이라는 뜻이다. 서귀포 앞바다의 섬에서 연산호 군락을 처음 보았을 때 정말 꽃밭 같다는 생각을 했다. 화려하고 아름다운 모습에 숨이 막히는 것 같았다. 연산호 군락에는 많은 수중 생물이 공생하며 산다. 또 연산호는 보통 늦여름에 산란해 유생들이 따뜻한 물에서 자라도록 한다.

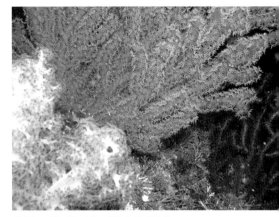

산호는 작은 꽃 같은 것들이 하나하나 모여 군체생활을 한다.

맨도롱한 바당

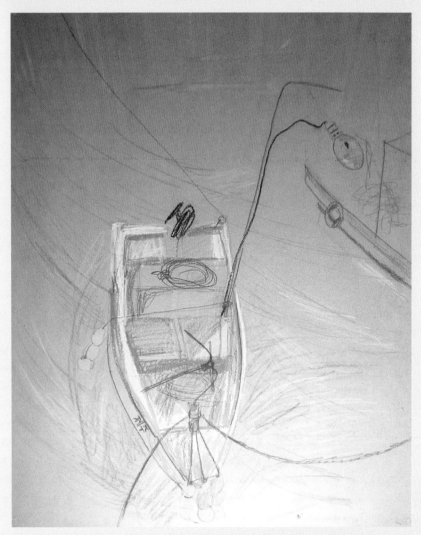

꿈과 희망의 바다
물결 따라 간들간들
파랑새 같은 작은 배

바닷물이

맨도롱할 수가 있을까? 물론 가능하다. 한겨울 섭씨 2~3도의 날씨에도 바다 속은 그보다 20도나 높으니 말이다. 우리가 느끼는 온도는 상대적일 때가 많다. 찬물인데도 그보다 낮은 온도의 물에 있다가 들어가면 따뜻하게 느껴지고, 영하의 날씨가 드문 서귀포에서는 바람이라도 불면 아주 춥게 느껴지기도 한다. 이런 게 모두 체감온도 탓이다.

돌돔 같은 고기는 수온이 올라야 식욕을 느낀다. 그래서 돌돔은 섭씨 21도에서 20도로 내려가는 날보다 섭씨 17도에서 18도로 수온이 상승할 때 더 입질이 좋다. 결국 따뜻하고 차가운 것은 감각 속의 용어인 것이다.

맨도롱한 서귀포 바다의 수온 ●

때는 9월, 가을바람이 찬 기운을 몰아와 옷깃을 여밀 때에도 서귀포 앞바다 속에 들어가면 따뜻하기 그지없다. 부드럽고 맨도롱한 물에서 나가기 싫을 정도이다. 바닷물은 육지보다 온도가 서서히 낮아지기 때문이다. 한 해가 저무는 연말에는 눈도 펑펑 오고 춥게 마련이다. 그러나 그때에도 바다 속 온도는 섭씨 20도가 넘는다. 물론 해류의 영향으로 달라지기도 한다. 난류가 흐르는 바다는 따뜻하고 한류가 흐르면 추운데 해류는 계절에 따라서 바뀌어 흐르기도 한다. 더욱이 해류는 바다에 인접한 육지의 기후에까지 큰 영향을 미친다.

하루의 온도 차가 별로 없는 곳이 바다 속이다. 육지의 최저 온도 때인 새벽

✤

'맨도롱하다'라는 말은 돌로 된 제주도식 온돌이 뜨뜻하다는 감촉을 표현하는 말이다. 미지근한 것보다 약간 뜨거운, 그러면서도 안락한 상태를 말하는 형용사이다. 곧 알맞은 느낌에 여유가 더해진 온도이다. '맨도롱 또돗(따뜻)하다'란 표현처럼 맨도롱은 '따뜻하다'와 다르게 쓰였던 말이다.

모자반이 대나무 숲처럼 우거져 있다. 모자반은 섭씨 15도 정도의 낮은 수온에서 잘 자라나고, 6월경
섭씨 20도 정도가 되면 녹아 없어진다.

이나 더운 오후에나 수온은 거의 일정하다. 그러면 서귀포 앞바다의 수온은 어느 정도나 될까. 나는 최근 몇 년 동안 서귀포 앞바다에서 일주일에 한 번 꼴로 수온을 쟀다. 아래에 언급하는 수온은 수심 약 20미터의 온도이다. 수온은 과거보다 평균 1도 정도 올라간 듯하다. 서귀포 앞바다뿐 아니라 육지에 접한 바다도 마찬가지일 것이다. 그러다보니 제주도에만 서식하던 고기들이 동해안 왕돌초를 거쳐 독도 근처에서도 목격된다고 전해진다.

수온이 한 달 내내 일정한 것만은 아니다. 비, 바람, 태풍이나 해류·조류 등의 물흐름, 그리고 일조 등에 의해 오르내리기도 하는데 대개는 일정한 수온이 유지된다. 그러다가 바다 속 계절의 법칙에 따라 온도는 서서히 올랐다가 내려간다.

한겨울이라고 할 수 있는 1월의 평균 수온은 섭씨 17도쯤 되는데 낮은 온도에 맞추어 몰망(모자반)들이 자라기 시작한다. 2월이 지나 3월에 들어서면 수온은 바닥으로 떨어지는데 평균 섭씨 15도 정도이다. 4월에 들어서면 수온이 오르려고 꿈틀거리기는 하지만 아직은 아니다. 평균 수온은 섭씨 16도 정도 되지만

서귀포 앞바다의 수온과 기온. 수온이 연중 변화가 적으므로 합산한 평균온도는 수온이 더 높다. (내가 관찰한 것들의 대략적인 평균치를 가지고 만들었기 때문에 정확하지 않을 수 있다)

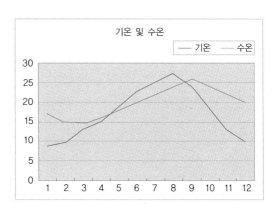

낚시는 불황기이다.

3월(정확하게는 음력 2월)부터 영등달(영등할머니가 지상에 내려왔다가 하늘로 올라간다는 전설이 있는데, 어촌에서는 풍어제도 지내고 한 해의 바다농사를 준비하는 중요한 시기)이라고 하는데, 영등할망의 마음에 따라서 날씨는 짓궂게 변하기도 한다. 수온이 들쑥날쑥하거나 갑자기 바람이 분다든지 하는 일이 이때는 흔하게 있다.

5월에 들어서면 온도가 섭씨 18도 정도로 상승한다. 물속에서는 흐느적거리는 해파리도 볼 수 있다. 6월에 들어서면 수온은 섭씨 20도 정도로 상승한다. 그동안 숲을 이루었던 모자반들은 물 위에 떠다니고 녹아서 사라져가는 시기이다. 또한 자리돔을 비롯한 많은 고기들이 산란을 마치는 시기이다. 장마철이 되면서부터 고기들의 입질도 왕성해지기 시작한다.

7월이 되면 수온이 섭씨 22도로 올라 사람도, 고기도 따스하다고 느낄 것이다. 그러나 깊은 물에 들어가면 수온약층(水溫躍層, 수온이 급격하게 변화하는 층)이 형성되어 그 아래는 몇 도나 낮은 냉수대가 분포하기도 한다.

8월에는 평균적으로 섭씨 24도 정도의 수온이 된다. 간혹 태풍이 밀려와 바다를 들었다 놓는다. 9월의 평균 수온은 섭씨 26도 정도로 일 년 중 가장 따뜻한 시기이다. 문섬 앞의 흰동가리 한 쌍도 이때 산란한다.

10월에 들어서면 온도는 섭씨 24도 정도되며 수중 시야가 밝아진다. 밀려든 난류로 투명도가 높아졌기 때문인데 그래서 작은 고기들은 그들의 천적에게 노출되기 쉬운 계절이기도 하다.

11월에 들어서도 바다는 섭씨 22도 정도로 따스하다. 온도가 낮아지는 것을 알고 성급한 모자반은 싹을 내밀기도 한다. 이때쯤 방어들이 많이 보이는데 이것들은 서귀포 앞바다에서 해를 넘기며 1미터 가까이 되도록 자란다. 12월 바다의 평균 온도는 섭씨 20도 정도 되는데 때로 찬 공기가 따스한 바닷물에 닿아 물안개가 피어오른다.

썰물과 밀물의 조화, 조류 ●

조류는 해와 달이 끌어당기는 인력에 의해 생기는 바닷물의 흐름이다. 가까운 거리에 있는 달의 영향이 지배적이므로 달의 변화, 곧 음력과 상관있다(해의 질량이 달보다 2500만 배 크지만 해의 거리가 400배 멀기 때문에 조석을 일으키는 힘인 기조력은 해가 달의 힘에 절반도 안 된다).

달이 당기는 힘 때문에 액체인 바닷물이 움직이는 것이며 이 때문에 바닷물은 하루도 쉬지 않고 들어왔다 빠져나간다. 들어와 불어나는 물을 밀물이라 하고, 줄어드는 물은 썰물이라 한다. 최고의 높이에 있을 때를 만조, 그 반대를 간조라 하며 밀물과 썰물 때 흐르는 물이 조류이다.

물때에 따라서 흐름의 양이나 속도가 바뀐다. 물론 해안이나 수중 지형의 영향도 받는다. 해와 지구, 달이 일직선이 될 때 물이 많이 들어오고 많이 빠져

나간다. 이때를 사리라고 하는데 음력 보름과 그믐 때가 여기에 해당한다. 이때는 조류도 물론 매우 세진다. 또 이런 움직임이 적은 때는 음력 8일과 23일이다. 이때를 조금이라고 하는데 달의 모양은 각각 상현달, 하현달이다.

만조와 간조의 차이가 많은 서해안보다는 덜하지만, 제주도 서귀포 앞바다는 동해안보다는 훨씬 조석 차이가 있어서 조류가 심할 때도 있다. 과거에는 배를 움직이는 동력이 작아서 배를 운행하거나 접안할 때도 조류는 매우 중요했다.

그것뿐 아니라 바다의 리듬이 물고기와 생태계, 그리고 생활에도 영향을 주었기 때문에 항상 물때를 이용하였다. 갯지렁이 같은 미물들도 만조에 알을 낳아 썰물에 새끼들을 바다로 보낸다. 흰동가리도 보름사리에 알을 낳아 치어들이 수면으로 가기 쉽게 한다. 보통 들물(밀물)에 낚시가 잘 된다고 하는데 먹잇감이 조류에 따라 달라지고 고기들 자체도 조류를 느껴 움직이기 때문이다. 이 리듬의 변화는 큰 틀 안에서는 일정하기 때문에 미리 예측할 수 있다. 그래서 일 년치 물때표가 미리 나온다.

육지 지방에서는 음력 16, 17, 18일(물론 음력 1, 2, 3일도 마찬가지)에 해당하는 바닷물의 상태를 턱사리, 한사리, 목사리라고 표현하고 일곱매, 한꺽기 등으로 나타내는데 서귀포에서는 몇 물로 얘기한다.

나열하면

음력 초하루와 16일은 여덟 물,

2일과 17일은 아홉 물,

3일과 18일은 열 물,

4일과 19일은 열한 물,

5일과 20일은 열두 물,

6일과 21일은 열세 물,

7일과 22일은 조금,

다시 9일, 24일은 한 물,

10일과 25일은 두 물,

11일과 26일은 세 물,

12일과 27일은 네 물,

13일과 28일은 다섯 물 식으로

나가다가 보름날은 일곱 물이

된다. 낚시를 하는 사람이라면

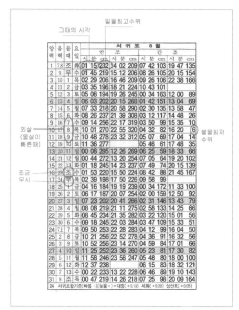

물때표. (서귀포 칠십리 낚시점 제공) 물때표를 보면 알 수 있지만 하루 두 번 있는 만조의 높이는 봄에는 낮에, 가을에는 밤에 더 높다.

어리더라도 여덟 물에는 물이 많이 빠져나가고 조금에는 바닷물의 수위 변화가 적다는 것을 다 알고 있다.

사리 중에서도 음력 7월 15일을 백중사리라고 하는데 연중 해수면이 가장 높아지는 때이다. 사리에다가 가을로 가는 계절적 요인이 겹치니 나타나는 현상이다. 과거에는 쥐들이 많았는데 백중사리 때 쥐들도 예상하지 못한 밀물이 서귀포 부두의 쥐구멍까지 차올라와 그것들이 허둥대는 것을 볼 수 있었다.

또 그 시기에 태풍까지 겹치면 저지대에 끝없이 물이 밀려 들어와서 침수 피해를 입을 수 있었다. 조류가 흐르는 방향은 지역마다 다를 수 있으나 서귀포 앞바다에서는 조류가 썰물에는 동쪽으로, 밀물에는 서쪽으로 흐른다.

서귀포 앞바다에서 땅은 북쪽이지만 물이 불어나는 밀물에는 중국 대륙을 향한 방향인 서쪽으로 물이 흐른다. 그래서 섶섬에서 밀물에 표류하면 문섬 쪽으로 가게 된다. 반대로 썰물 시에는 반대방향인데 문섬의 경우 아래 그림과 같이 흐르며 장애물이 있으면 우회하였다가 다시 만난다. 그래서 조류는 8자처럼 흐른다.

움푹 패어 들어간 지형은 조류가 약한 물때에는 물의 움직임이 있으나 조류가 강물처럼 셀 때는 오히려 잠잠하다. 또 장애물인 암초 뒤에는 조류의 영향이 없거나 와류(물이 소용돌이치면서 흐름)가 생길 수도 있다. 여러 요인에 의해 다양한 움직임을 보인다.

아래 그림을 보면 문섬에서 썰물 시 북서풍이 불면 힘은 합쳐져 더 강해질 수 있고, 동남풍이 불면 표면에서의 흐름은 상쇄되어 약해진다. 문섬과 새끼섬

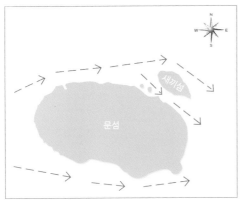

썰물 시 조류의 방향

사이의 좁은 폭의 협곡은 다이빙의 일반적인 포인트지만 유달리 물살이 세다. 도관의 단면적이 줄어들수록 유속은 증가한다는 베르누이의 법칙(Bernoulli's theorem)과 관련될 것이다. 이곳의 조류가 물때와 상관없이 점차 세어지는 것은 새섬 방파제가 남진하여 흐름을 막으니 물이 이곳으로 더 몰려드는 것 때문이라고도 생각된다.

　지형에 따라서 조류가 없는 곳도 있다. 지중해에는 조류가 별로 없었다. 천하의 카이사르(Caesar)도 영국 정벌 때 함대가 그들이 몰랐던 조류에 휩싸여 큰 고난을 겪기도 하였다. 조류는 이용하기 나름이다. 과거 서귀포, 보목의 어부들은 무동력선인 테우를 타고 썰물에 밀려 지귀도에 가서 고기를 잡고 밀물에 힘입어 돌아오곤 하였다.

　바다 한가운데에서 표류하였으나 조류는 다시 방향을 바꾸어 되돌아온다는 사실을 잘 알고 생환한 ㅊ씨의 경우도 있다. 지금부터 15년 전의 일이었다. 원래 마라도와 가파도 사이는 말로 표현할 수 없을 정도로 조류가 세다(가파도는 제주도 서쪽의 모슬포에서 남쪽으로 5.5킬로미터 떨어진 섬이고, 그 남쪽의 마라도는 우리나라 영토의 최남단 섬이다). 이곳 어부들이 '마라도 골새'라고 부르는 바다 속 지형인데, 어떤 때는 꽤 큰 동력선도 조류를 거스르는 방향에서는 기를 써도 제자리에서 벗어나지 못할 때도 있다. ㅊ씨는 서귀포 앞바다를 벗어나 그곳에서도 어류사냥을 하곤 했다.

가파도 서쪽 바다의 암초지대인 과부탄을 그분은 홀림섬이라고 부르는데 그곳에서는 암초에 배가 난파하기 십상이어서 오늘날에는 등대가 세워졌다. 수심이 낮아 햇빛이 잘 들기 때문에 해초도 많고 그래서 고기가 많은 곳이다. 스쿠버 탱크를 등에 메면 센 조류에 떠밀려가기 때문에 ㅊ 씨는 보통 맨몸에 마스크와 오리발만 착용하는 스킨다이빙으로 고기를 쏘았다. 심호흡을 크게 하고 바다 속으로 들어가 2~3분 후에 나올 때면 두어 마리씩 잡아 올라왔다.

　　화순 인근 바다에서 닻을 잃어버린 배가 ㅊ 씨와 서귀포의 다이버에게 그것을 회수해줄 것을 부탁한 적이 있었다. 그러나 바다 속 현장에 가보니 넓은 모래밭인 바닥에 떨어진 닻을 찾는 것은 "모래사장에서 바늘 찾기"처럼 도저히 불가능해 보였다. 닻이 유실된 것을 알아차린 하급 선원이 상급자에게 야단맞을 것이 두려워 보고를 늦게 해서 정확한 위치를 모르게 된 것이었다.

　　그날은 일행 모두가 스쿠버 탱크를 메고 있었는데, 작업을 포기한 다이버들이 스쿠버 탱크 안에 공기도 반 이상 남았으니 가파도 앞에 가서 사냥이나 하고 가자고 한 게 사건의 발단이 되었다. 목적지에 도착한 ㅊ 씨도 선장에게 10분이면 수면으로 올라올 테니까 대기하라고 하고 물에 뛰어들었다. 그런데 물속에 들어가자마자 조류에 휩싸였다. 물 흐름에 휩싸여 흘러가면서도 고기를 몇 마리 잡아 수면으로 올라왔는데 저쪽에서 흩어진 다이버들을 배에 끌어올리는 것이 보였다. 원래 수면에서는 조류의 흐름이 더 심하다. 배가 이쪽으로 오길 기다리는 사이 ㅊ 씨의 몸은 강물 위를 흘러가듯이 조류에 떠밀려갔다.

순식간에 떠내려가는데 배를 보니 가물가물할 정도로 멀어졌다. 한 300미터 정도 될까? 목 터지게 외쳐봐도 배는 자기를 찾지 못했고 파도 소리만 귓가에 맴돌 뿐이었다. 그러는 사이에도 몸은 계속 흘러갔고 결국 배는 자신을 버려두고 가버릴 것 같았다.

앞을 보니 가파도가 보이고 뒤를 보니 가마득하게 마라도가 보였다. 순간적으로 ㅊ 씨는 이젠 혼자 힘으로 살아남아야 한다는 상황 판단을 하였다. 시간은 오후 두 시, 멀리 화순 쪽을 바라보면서 몸을 흘려보내야 되겠다고 판단했다. 썰물에 떠내려가면 밀물에 다시 되돌아올 테니, 그는 그때 가파도에 상륙해야겠다고 생각했다.

때는 5월, 바닷물은 아직 찼다. 지쳐서 탈진해도 안 되지만 적당하게 운동(핀킥)을 해서 체온도 유지시키고 겸사겸사 몸을 연안 쪽으로 유지시켜야 한다고 생각해서 핀킥(오리발 차기)을 했다(영화 「타이타닉」에서 그렇듯 바다 속에서 조난되면 체온 유지가 제일 중요하다. 체온을 뺏기는 것이 생사의 갈래에 서게 한다). 공기통의 공기는 다 빼버리고(그러면 더 가벼워진다) 백팩을 돌려서 호흡기(레귤레이터) 호스를 끈처럼 사용하여 백팩의 공기통을 가슴 쪽으로 묶었다. 그땐 지금처럼 BC(부력조절기, 자켓)가 없던 시절이다. 웨이트(잠수복이나 몸의 양성 부력을 상쇄하기 위해 허리에 벨트처럼 차는 납덩어리)를 몇 개 버릴까 하다가 몸이 너무

가벼우면 핀킥하는 데 지장이 있다고 판단해 그냥 차고 있었다(그러나 초보자의 경우 물에서 조난되면 우선 웨이트를 버려야 편하다. 그래야 물에 쉽게 뜰 수 있다. 어차피 지치면 오리발로 핀킥할 수 없으니까. 그리고 반드시 조류를 피하거나 타고 흘러야지 억지로 거스르려고 하면 지쳐서 탈진하게 된다. 그리고 외국 영화에서 본 상어라든지 무슨 큰 괴물이라도 나타날까 하는 공포심과 고독감의 극복도 중요하다).

서귀포에 도착한 다른 다이버들이 그의 시체라도 찾아야 할 텐데 하고 상심해서 소주잔을 기울이고 있을 때 그는 망망대해에 떠 있었던 것이다. 그가 혹시나 해서 건전지를 아껴두었던 수중라이트의 도움을 받아 가파도에 기어오른 시간이 밤 아홉 시, 대략 일곱 시간을 표류하였던 것이며 정확하게 조류가 바뀌는 것을 이용하여 제자리 옆으로 돌아온 셈이었다. 해안 초소에 기다시피 다가가보니 아무도 없었다. 장비를 벗어놓고 동네 아주머니한테 찾아가니 야밤이라 깜짝 놀랐다. 여기 다이빙 왔다가 배는 가버리고 겨우 살아난 사람인데 서귀포서 멜 잡으러 온(멸치 잡으러 온 배의) ㅁ 씨 좀 불러줍서(좀 불러주세요) 하니 마침 있다며 데려왔다. 너무 지쳐서, 아주머니께 장비를 가져다주면 잡아온 고기를 드리겠다고 했더니 아주머니도 좋아하셨다고 한다.

그후의 얘기는 생략하기로 하고, 여기서 나는 질문을 하지 않을 수 없었다. "아무리 돌돔이든 뭐든지 간에 조난되면 고기를 버려야지 욕심이냐, 그것도 잊어버렸느냐?" 하고 물으니 ㅊ 씨는 태연하게 "자신감을 가져야지 살아날 것이 확실한데 왜 고기를 버리느냐?" 하고 대답했다.

범섬 새끼섬 앞에서 11월에 찍은 사진

바다 흐름의 조각, 해류 ● 바다의 흐름에는 조류뿐 아니라 해류도 있다. 해류는 서귀포 연안에 물살로 영향을 주는 것보다 수온이나 시야, 물고기의 회유에 더 영향을 끼친다. 쿠로시오해류가 흐르는 먼바다는 물살이 세지만 말이다.

5월쯤 되면 서귀포 앞바다의 시야가 갑자기 맑아지는 때가 있는데 청수(淸水, 난류)가 들어오는 것으로 수온도 갑자기 2도 정도 오른다. 이것이 쿠로시오 해류의 갈래인 대만난류이다. 염분이 부족한 냉수괴(冷水塊 : 온도와 염분, 플랑크톤 등이 균일한 해수의 덩어리인 수괴 중에서 주위의 온도가 낮은 수괴)나 중국에서 탁한 것들이 오는 연안수가 수온을 차게 하고 시야를 나쁘게 하는 것과는 반대의 경우인 것이다. 중국의 탁한 물은 제주도에서 멀리 떨어진 이어도까지 계절에 따라 영향을 미치는 것으로 알고 있는데 서귀포 앞바다까지는 오지 못한다.

난류의 영향이 지배적인 때 바다에서의 시야는 좋아진다. 시야에 영향을 미

태풍 불 때의 바다. 먼 곳에서부터 밀려온 너울이 해안을 덮친데다가 바람이 불어 수면에 하얀 파도를 만들었다. 파도가 낮은 곳까지 밀려오며 물보라를 일으킨다.

치는 것들은 여러 가지이다. 시야는 보통 가을에 아주 좋고, 봄에는 안 좋은 편이다. 또 수온이 올라가면 모자반을 비롯한 해조류들이 녹으며 부유물이 많아져 시야가 안 좋을 수도 있다. 그러나 바다는 알 수 없는 때가 많다. 2005년에는 7월 말에, 태풍이 불어 바다를 휘저은 것도 아닌데 시야가 아주 안 좋은 날이 있었다. 물론 그때의 원인은 복합적이겠지만 다음 중 한둘에 해당될 것이다.

1) 먼바다에서 밀고 오는 너울이 해저를 뒤집어 모래, 먼지, 부유물이 많은 경우.

2) 적조는 아니지만 녹조류, 플랑크톤 등이 더운 날씨에 힘입어 이상 증식.

3) 남쪽에서 오는 따뜻한(투명도 높은) 물이 못 들어오고 있다.

4) 장마 기간 동안 예년보다 강우량이 적어 육지에서 흘러내린 물이 탁하다.

5) 중국의 뻘물이 제주도 서부를 거쳐 남부까지 일시적으로 잠식한 경우이다.

그러나 같은 해 가을, 추석이 지나고부터는 바다 속 시야가 뻥 뚫렸는데 그 상태가 두 달이나 지속되었다. 얕은 수심일수록, 날씨가 맑을수록 시야가 좋은 것은 물론이다.

태풍이 지나간 자리 ● 다음은 매년 몇 차례씩 서귀포 앞바다에 찾아오는 태풍 이야기이다. 태풍은 열대지방의 따뜻하고 습기가 많은 공기들이 모여들면서 생겨난다. 불안정한 기류는 점점 커지면서 북쪽으로 이동하여 우리나라까지 온다. 보통의 경우 그것의 일생을 보면 필리핀 남동쪽에서 형성된다.

태풍이 오는 것이나 진로를 알 수 없었던 과거와 달리 요즘엔 과학과 기구가 발달하여 조기에 예보를 시작한다. 라디오나 텔레비전에서는 오키나와(일본 열도의 남쪽 섬) 남방 몇백 킬로미터 해상에 태풍이 있다는 식으로 예보한다. 태풍이 점차 커지면서 중국 방향(서북쪽)으로 이동하면 이미 서귀포 앞바다는 태풍이 밀어내는 너울파도의 영향을 받기 시작한다. 수면은 울렁거리고, 섬 주변과 얕은 해변을 파도들이 하얗게 덮친다. 그러다가 태풍은 타이완 근처에서 북동쪽으로 커브를 트는데 이 근처를 전향점轉向點이라 한다. 이쯤 되면서는 보통 열대성 저기압이 본격적인 태풍으로 커진다. 그것은 제주도를 강타하면서 북상하여 우리나라에 상륙하는데 육지를 거치면서 쇠약해지고 동해로 빠져나가 일본 북해도쯤에 가서는 종말을 고한다.

태풍은 이렇게 오면서 커지는 것도 있고 중간에 사라지는 것도 있다. 심지어는 한 태풍이 끝나기도 전에 다른 게 생겨나 두 개가 겹칠 때도 있다. 태풍의 진로 또한 유동적이다. 다만 우리나라에 영향을 주는 것은 여름철에 주로 발생하는 것으로 8월에 가장 많고, 7월과 9월에 발생하는 태풍들의 숫자는 엇비슷하다.

과거에 서귀포 가까운 해수욕장에서 음식 장사를 했던 내 친구를 보면, 태풍이 적으면 불볕더위 속에서 수입을 올린다. 그러나 태풍이 오면 해변에는 아무도 오지 않아 장사는커녕 천막까지 날아가버려 손해를 보곤 했다.

7월에 오는 태풍은 서해안 쪽으로 북상하여 지나가고 8월에는 진로가 그전 것보다 동쪽으로 나아간다. 제주도나 서귀포 앞바다는 대부분 이때 영향을 많이 받는다. 그래도 기록상 큰 태풍은 9월에 들이닥치는 것이며 9월 이후에는 바로 일본 쪽으로 가버리는 경우가 대부분이다. 그래서 음력 8월 보름(추석)이 지나면 태풍에 대해서는 안심한다.

내 기억에 가장 강하게 남은 것은 1970년 9월초에 불었던 빌리호 태풍이다. 자고 일어나니 우리 집 초가지붕이 바람에 날아가고 없었다. 지붕 재료인 새(띠)들이 날아가버렸던 것이다. 그때의 황당함이란, 또 비는 왜 그렇게 억수같이 내리는지.

실제로 태풍이 왔을 때는 강한 바람도 바람이지만 동반하는 비도 문제다. 쏟아지는 빗물이 말랐던 하천과 육지를 단숨에 휩쓸어버리기 때문이다. 또 바람이 비와 만나면 파괴력은 훨씬 커진다.

바람은 서귀포의 주산물인 감귤 열매와 나무들에 피해를 주고 불어난 물은 이것들을 떠내려 보내기도 한다. 바다에는 집채만 한 파도가 몰려와 미처 육지에 올려놓지 못한 배들에 사정없이 몰아친다. 산란해놓은 자리돔의 치어들은 흔적도 없이 사라지고, 낮은 곳의 연산호들은 뿌리째 뽑혀 떠내려간다.

또 큰비로 인해 한라산에서부터 흘러온 흙탕물이 바다로 향한 모든 물길에 가득차 제주 앞바다를 뒤덮는다. 문섬 가의 작은 바위들은 요동치는 파도에 위치를 바꾼다. 또 바다 속의 고기들은 깊은 곳으로 이동하여 숨죽이고, 문어들은 우당탕거리며 굴러다니는 돌과 바위를 피해 섬으로 기어오른다.

벌써 각 포구의 작은 배들은 뭍으로 올려지거나 천지연 하구 깊숙한 곳에 숨겨져 매였다. 그 위로 무시무시한 바람이 분다. 거대한 파도는 새섬의 서쪽 끝 코지를 넘고, 법환포구를 만드는 방파제 위로도 파도가 넘는다. 공교롭게도 사리 밀물까지 겹치면 생각지도 못한 곳까지 바닷물이 밀고 들어온다. 서귀포 시내에는 종려나무(야자 종류) 사이로 간판이 날아다닌다. 쏟아지는 폭우는 우산이나 비옷 같은 것을 무용지물로 만든다.

종일 퍼붓듯이 내리던 비가 그치더니 해가 비치며 바람이 잔다. 태풍이 지나고서 바다에 가보면 그렇게 차분할 수가 없다. 서귀포 사람들은 태풍이 바다를 휘저어 깨끗하게 만든다고 생각한다. 농부들이 밭을 돌보듯이 어부들은 바다에 배를 내려놓고 어구를 손질하고 다시 풍어와 만선의 꿈을 꾼다. 자리돔과 다른 고기들은 굶주림을 보충하기 위해 더 열심히 움직이며 먹이를 찾고 새로운 산란을 시도하기도 한다.

제주도의 담은 돌담이다. 돌들을 그저 되는 대로 겹친 것같이 보이지만 그것들은 큰 바람에 콘크리트 담벼락이 무너질 때도 멀쩡하게 서 있다. 서귀포 앞바다에는 매해 태풍이 오지만 언제나 아무 일 없다는 듯이 치른다. 제주도에서는 오래전부터 조상들이 자연현상을 꿋꿋하게 겪고, 슬기롭게 이겨왔던 것이다.

바람이 불면 수면 위에 이빨을 드러내는 것처럼 하얀 파랑이 인다. 오전에는 잔잔하던 바다가 오후에 육지가 데워지면서 바다로 바람이 불어 파도가 생기기도 한다.

파도는 보통 바람의 세기에 따라 그 높이가 결정된다. 풍속이 초속 8∼12미터라면 파도는 1∼2미터이고, 초속 14미터면 파도의 높이가 3미터 이상으로 나타나며 바다에는 주의보가 내려지고 배들은 포구에 묶인다. 그러나 우리나라 모든 지역과 제주도에 바람이 몰아치고 파도가 몰아칠 때도 겨울의 서귀포 앞바다는 잔잔할 때가 많다. 또 서귀포 앞바다에 큰 파도가 칠 때도 거문여의 동쪽 해안은 고요하기만 하다. 하지만 태평양을 바라보는 서귀포 앞바다는 여름에는 사정이 달라진다. 겨울에는 주로 서북풍이 불고 여름에는 동남풍이 부는 것으로 이해하면 될 것인데 여름의 서귀포 앞바다는 일렁거릴 때가 많다.

여름에 서귀포 앞바다에서 두려워하는 파도는 너울이다. 먼 곳에서부터 밀고 들어오는 파장이 매우 긴 이 파도는 작은 여 위는 물론 넓게 형성된 해안의 파식대를 휩쓸어버릴 때도 있어서 멋모르고 낚시를 갔다가는 위험할 수 있다. 얕은 해안은 파랑 때문에 너울이 인다는 것을 알 수 있지만 수심이 깊은 곳에서 낚시를 하다보면 잘 모를 수도 있다. 너울은 먼 곳에서 많은 양의 물을 밀고 오는데 직각으로 된 암벽에 몰려든 물은 암벽을 타 넘기도 한다. 너울이 일면 강정 중덕, 외돌개 해안의 낚시터 등은 위험하다. 섬에서 낚시할 때도 유사시 기어오를 공간이 있는 곳을 택해야 한다.

겨울 파도는 파장이 짧고 여름 파도는 길어서 알 수가 없으므로 주의해야 한다. 여름철에 낚시를 하다보면 바위와 눈앞에 물이 쑥 빠지는 경우가 있는데 그 다음에는 해일처럼 물이 밀려온다. 하지만 적당한 파도가 있는 날이 낚시가 잘 된다.

파도는 바다의 리듬이다. 맥박처럼 바다가 살아 있다는 표시이다. 오늘도 서귀포 앞바다에는 철썩거리는 파도 소리가 들린다. 내려다보니 미친 것처럼 사나웠던 때가 언제였냐는 듯이 바다는 여유롭고 다정한 표정이다.

달빛이 수면 위에 내려 부서지고 있다. 아니 훈훈하게 노란 달빛이 잔잔한 파도 위에 가루로 뿌려지는 듯하다. 그리고 수평선 저 먼 곳에서부터 한 올 한 올 은빛으로 변해간다.

이런 시간 서귀포항으로 들어오는 배가 있다. 수평선에는 불빛이 깜빡깜빡 가물거린다. 배에서 보는 달빛과 수면은 더욱 매력적이다. 이런 것을 느끼는지 마는지 봄날 서귀포 앞바다는 어머니 품에 안긴 것 마냥 그저 졸고 있는 것만 같다.

+부록

객주리의 오후

객주리는 쥐치를 말한다. 이놈은 성질이 느긋해서 언제나 여유롭게 돌아다닌다. 입은 작고 단단하여 바위에 붙은 것들을 쪼아 먹기도 하고, 독하다는 해파리도 사정없이 뜯어 먹는다. 먹성이 좋아 잡어들 틈에서 쉽게 낚여 올라오기도 한다. 입이 작아 미끼만 톡톡 잘 채가지만 다른 고기보다 먼저 먹이를 차지하려다 보니 종종 낚시에 걸리기도 한다.

갓 낚은 싱싱한 객주리를 쭉 잡아당기면 가죽이 쉽게 벗겨져서 가죽객주리라고 부른다. 낚시꾼들은 즉석 횟감으로도 많이 즐겼다. 객주리 회에 초고추장을 곁들이고, 물외(오이)와 된장까지 있으면 더할 나위 없이 좋다. 여름날 바다에서의 점심이 그럴듯하게 해결되는 것이다.

쥐칫과의 물고기 중에 표준말로 객주리라는 것도 있는데 쥐치보다 몸체가 더 길쭉하다. 그러나 서귀포 앞바다에서는 쥐치 종류는 전부 객주리라고 부른다. 객주리라고 부르면 정다울뿐더러 그것의 모양(약간 의기양양함)도 바로 떠오른다.

민간에 전해지는 방언에서 생활에 밀접한 물고기 이름은 지역마다 다르게 마련이다. 서귀포 앞바다에서도 그렇다. 이 지역에서만 통하는(널리 쓰이는 경우에 제주도까지 통하는) 이름들을 가지고 있다.

서귀포 앞바다의 어종들은 300여 종이 넘겠지만 여기에서는 서귀포 방언으로 불려지는 것만 열거하려고 한다. 아무래도 그런 것들이 우리 생활과 관련이 깊다고 생각되기 때문이다.

빗게(흑점얼룩상어) Grey carpet shark

서귀포 앞바다에서 잠수기 어법으로 많이 잡았던 것이라고 앞에서 설명하였다.
수염상엇과이며 생명력이 길다. 크기는 1미터 정도이다.

존다니(두톱상어) Cloudy dogfish

아직까지 서귀포 앞바다에 남아 있는 상어 종류. 크기 50센티
미터, 몸체는 베이지색 바탕에 갈색 띠가 있고 머리가 크다.
빗게를 대신하여 횟감으로 쓰인다.

도랭이(괭이상어) Cat shark

서귀포 앞바다에는 빗게말고도 도랭이라는 게 있었는데, 도랭이는 괭이상어의
방언이다. 전에는 도랭이가 많았는데 요즘엔 보기 힘들어진 이유가 무엇일까?
느릿느릿 돌아다니는 그것이 없어진 이유는 나일론 그물과 오염 때문일 것이다.
갯가의 낮은 데는 새끼가 자랄 수 없을 정도로 오염되었다.

　　지느러미 때문에 비행기 모양 같은 도랭이는 얼룩무늬이고 껍질이 거친데 잡
아도 그것은 벗길 수가 없다. 그런데 뜨거운 물을 부어 훑으면 껍질이 뭉그러지
며 살이 드러난다. 약간 쓴맛이 들지만 입맛이 고급스러워진 오늘날에도 잡히기
만 한다면 최고의 맛으로 칠 것이다

수애기(돌고래) Dolphin

지금도 서귀포 앞바다에서는 수애기가 떼를 지어 다니는 것을 간혹 볼 수 있다. 수면에 몇 마리 보인다면 실상 수중에는 수십 마리가 있는 것이다. 그것들은 물 속에서 마주쳐도 사람을 해치지 않는다. 수애기는 머리가 좋아서, 제주도 한림 근해에서는 잡은 수애기를 길들여 사람들에게 관람시키고 있다. 수애기의 수명은 사람만큼이나 길다.

미역치(쏠종개) Striped catfish

미역치는 바다메기와 비슷하게 생겼는데 매운탕을 끓여 먹으면 맛이 있다. 낚시 외에 통발로 잡기도 하는데 지느러미에 독이 있어 쏘이면 매우 아프다. 어린 미역치는 수십 마리씩 떼를 지어 몰려다닌다.

멜(멸치) Japanese Anchovy

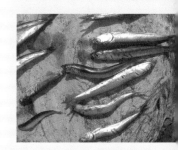

멜젓(멸치젓갈)을 담그면 꽃멜은 형태가 남아 있는데 이것은 녹아버린다. 봄 멜보다 가을 멜이 통통하고 맛있다.

참멜(정어리) Pilchard

참멜은 멜과 더불어 등푸른 생선의 먹이사슬 아래 있어서 바다 속에서 보면 언제나 등푸른 생선에게 떼를 지어 쫓겨 다닌다.

꽃멜(샛줄멸) Siver-striperound herring

청어과의 바닷물고기로 몸의 길이가 10센티미터 정도이다. 옆구리에 은색 띠가 있는 것이 특징이다.

자리(자리돔) Coralfish

자리돔은 약 15센티미터까지 자란다. 조류가 센 지역의 것은 가시도 단단하고 크고 살이 쪄 구이용으로 좋다. 마라도에서 잡은 모슬포 자리가 크고, 서귀포 자리는 잘아서 횟감(물회)으로 적당하다.

복죽이(줄도화돔) Half-lined cardinal

복죽이는 언제나 무리를 지어 생활한다. 작아서 먹을 것이 없다고 생각하는지 대부분 그물에 걸린 것도 버린다. 갯바위에서 낚시하면 잘 걸려 올라오는 걸로 봐서는 겁이 없는 것 같다. 다른 물고기들이 숨는 밤에도 복죽이는 잘도 돌아다닌다. 부성애가 강한 고기로 여름에 산란하는 알들을 수컷이 입에 넣어 보호하며, 그동안은 아무것도 먹지 않는다.

각재기(전갱이) Yellowfin horse mackere

보호색으로 등은 푸르고(위에서 잘 안 보이게) 배는 하얗다(아래에서 볼 때 하얀 수면에 가려지게). 고등어하고 비슷하지만 몸 중앙의 측선이 꼬리 부분으로 가면 가시 같은 비늘이 돋아 있다. 내항같이 약간 오염된 곳에도 서식하며 언제나 무리를 지어 다닌다.

갓돔(돌돔) Striped beakperch

앞(64쪽)에서 이미 설명했으니 줄인다. 오른쪽 사진은 돌돔과
사촌(?)격인 강담돔이다. 돌돔과 같은 무늬가 있고 돌돔보다
더 크게 자란다.

다금바리(자바리) Kelp Grouper

구문쟁이(능성어) Sevenband grouper

다금바리와 성질이 비슷하나 더 깊은 데까지 들어가며 주로 밤에 돌아다닌다.
크면 몸의 줄무늬가 희미해지며 한군데에 주로 머문다.

북바리(붉바리) Red-spotted grouper

생선 중에는 최고의 맛으로 친다. 과거에는 잘 낚이는 어종이
었으나 최근에는 개체수가 급격하게 감소했다. 어떤 이들은
제주 바다에서 북바리가 멸종됐다고 말하기도 한다. 이제는
서귀포 앞바다의 깊숙한 곳에 은거하는 존재가 되고 말았다.

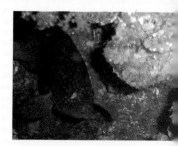

범섬 북서쪽 수심 22미터에서
발견한 북바리(2005년 8월 28일)

황돔(참돔) Red seabream

아직까지 서귀포 앞바다에서 잘 낚이는 어종이다. 돌돔에 비해 큰 편으로 서귀포에서 낚였던 황돔의 어탁(魚拓, 물고기의 탁본)에는 107센티미터, 14.5킬로그램이라고 적혀 있다. 너무 큰 것은 맛이 없고 40~50센티미터 정도의 크기가 맛있다고 하나 다른 지역과 달리 서귀포에서는 횟감으로 인기가 없다. 싱싱하지 않으면 물오른다(육질이 물러진다)는 점도 그렇고 다른 좋은 횟감이 풍부하기 때문이다.

구릿(벵에돔) Smallscale blackfish

벵에돔은 꼬리가 패었고 비늘에 검은 반점이 없어 약간 회색으로 보인다. 낚시 털이(낚시에 걸렸을 때 낚싯바늘을 삼키며 이빨로 끊거나 빼내는 것)를 하기 때문에 구릿을 잡을 때는 기술이 필요하다. 구릿은 현재 서귀포 앞바다를 비롯한 제주도 연안 낚시의 주 대상 어종이며, 낚을 때 손맛도 좋은 맛있는 고기이다.

논쟁이(아홉동가리) Whitespot-tail morwong

크기는 보통 40센티미터 정도이며, 동작이 느리며 대개 가만히 있다. 과거에는 비린내가 심하다고 해서 식용으로는 인기가 없었던 고기이다.

솔란이(옥돔) Red horsehead

깊은 뻘에 사는 것으로 육지에서는 조기와 함께 맛있기로 손꼽히는 생선이다. 그날 앞바다에서 잡아온 것을 '당일바리'라 하는데, 먼 곳에서 잡아온 '원양바리'보다 더 쳐준다.

왱이(흑돔) Bulgyhead wrasse

이마에 혹이 나 있어서 흑돔이라 이름 붙였다. 성어의 덩치는 갯가에서 볼 수 있는 것 중에서 압권이다. 게다가 튼튼한 턱과 강한 이빨을 가지고 있다.

어랭이(어렝놀래기) Cocktail wrasse

코생이(놀래기) Pudding wife, Motleystripe rainbowfish

노랭이(옥두놀래기) Goddes razorfish

달랭이, 맥진다리(놀래기과 종류)

술맹이 놀래기의 암컷

따치(독가시치) Mottled spinefoot

주변 상황에 따라서 무늬나 색깔이 쉽게 변한다. 과거에는 쉽게 변한다 하여 잘 안 먹었으나 고기가 귀해진 요즘에는 횟감으로 쓰인다. 접시에 얼음을 깔고 그 위에 이것을 얹어 따돔이라고 하기도 한다. 따치는 낚시 대상으로도 인기가 있는데 미끼를 잘 채가고, 한번 물리면 물에서 이리 뛰고 저리 뛰는 힘이 만만찮다. 낚아올린 후 장갑을 끼고 다뤄야 한다. 등지느러미 가시에 독이 있어 찔리면 고통스럽기 때문이다. 여름철에 산란하며 그때쯤 중층을 떼지어 다니고 낚시에 잘 낚인다.

모살맹이(보리멸) Sand smelt

버들락(베도라치) Blenny, gunneles

작은 대에 낚싯바늘만 달아 조간대 바위틈에 던져놓고 한참 후에 보면 버들락이

낚여 있다. 미꾸라지같이 긴 체형이며 힘이 세고 기름기가 많다. 잔가시가 많은

게 흠이다.

만배기(만새기) Common dolphinfish

겨울에 트롤링으로 범섬 주위에서 많이 잡을 수 있으나 식용으로는 인기가 없다.

시비가스(줄삼치) Striped bonito

시비가스는 일본에서는 가쓰오라고 해서 식용으로 인기가 있으나 서귀포에서

는 인기가 없다. 고등어와 비슷한 모양이지만 훨씬 크며, 익혔을 때 보라색으로

나타나는 부분이 많다. 간장으로 조리하면 맛있다.

심방객주리(범돔) Stripe

서귀포 앞바다 어디서든지 심방객주리가 떼를 지어 다니는 것

을 많이 볼 수 있다. 세로 무늬가 아주 아름답고 귀엽다. 유어

들은 얕은 곳까지 와서 잡어들과 어울리며 미끼를 잘 채간다.

월남객주리(쥐돔) Surgeonfish

꼬리자루에 끝이 날카로운 비늘과 검은 점이 있다. 큰 것은 50센티미터 이상 되며 떼를 지어 다니는데 물속에서 보면 몸체는 검고 꼬리만 회색으로 보인다. 서귀포에서는 도장배기라고 부르는 사람도 있다. 열대 바다에 사는 몸체가 파란 블루탱과 같은 종류이다. 잡아서 배를 갈라보았는데 해조류가 많이 들어 있는 것으로 보아 식물성 먹이를 주로 먹는 것 같다.

조우럭(노래미) Spotty belly greenling

고망우럭(개볼락) Spotbelly rockfish

우럭(쏨쌩이) Scorpion fish

솔치(점감펭) Fire fish

솔치는 쏜다고 해서 지어진 이름이다. 매운탕 감으로 좋다.

솔치(미역치) Redfin velvetfish

객주리(쥐치) Thread-sail Filefish

은복(밀복) Green rough-backed puffer

복쟁이(졸복) Panther puffer

갯가에서 잘 낚이는데 낚싯바늘을 자주 삼켜서 빼는 데 애를 먹는다. 육지에 올라오면 하얀 배를 부풀리며 '뽀드득' 소리를 낸다.

심방복(까치복) Striped puffer

참복(자주복) Tiger puffer

사진 속의 참복은 수족관에 들어가 스트레스를 받아 색상이 연해졌다.

서귀포에서만 볼 수 있는 물고기

요즘은 서귀포 앞바다에서 난대성 고기들을 발견하는 게 흔한 일이 돼버렸다. 요 몇 해 사이 수온이 상승하면서 조류를 따라 점차 북상했을 것이다.

다음에 소개한 물고기들은 우리나라에서 서귀포 앞바다에서만 주로 보이는 것들이다. 열대 바다에 주로 사는 것들인데 가끔 보이는 것들도 있다. 서귀포 앞바다에 완전하게 적응한 것도 있고, 열대성 고기들이 그렇듯 아름다운 것들이 대부분이다(그러나 맛은 없다고 한다).

청줄돔 Bluestriped angelfish

청줄돔은 서귀포 앞바다 수심 5~10미터 정도에서 흔하게 볼 수 있다. 여러 마리가 몰려다니는 경우도 있는데 그런 경우 수 컷 한 마리에 암컷은 여러 마리이다. 유어는 까만색 머리에 노 란 무늬가 약간 들어가 있다. 모든 어린 동물이 그렇듯 청줄돔 의 유어도 아주 귀엽다.

쏠배감펭 Lion fish

쏠배감펭은 서귀포 앞바다 암초지대에 사는데 수온이 오르면 활발하게 움직인다. 육식성으로 등지느러미 가시에 독이 있어 서 자신이 있는지 사람을 봐도 좀처럼 도망치지 않는다.

　　쏠배감펭은 몸의 빛깔을 쉽게 바꾸는데 평상시에는 연한 빨간색이고 모래 위에서는 흰색으로 변한다. 쏠배감펭이 새우 를 잡아먹는 것을 보았는데 날개(지느러미)를 펴고 부르르 떨었다. 흥분했거나 겁을 주는 것이다. 새우를 번개같이 삼키고 '핏핏'하며 모래와 찌꺼기를 뱉어냈 다. 그리고 빨갛게 변했던 체색이 다시 원래 색으로 바뀌며 태연하게 헤엄쳤다.

제비활치 pinnatus batfish

열대 바다에서는 이것이 떼를 지어 다니지만 서귀포 앞바다에서는 가을철에 한두 마리만 보인다. 제비활치의 몸은 옆으로 납작하다. 사진의 것은 문섬 수심 7미터에서 찍은 것으로 그나마 어린 것이다.

흰동가리 yellow tailed Anemone fish

서귀포 앞바다의 수심 15미터 정도에 정착해 산다. 말미잘에 면역이 되어 있어, 다른 고기들은 얼씬도 못하는 말미잘 곁에서 산다. 말미잘의 영어 이름이 바다 아네모네(sea anemone)여서 흰동가리는 아네모네 피시라고도 불린다. 문섬에 흰동가리 한 쌍이 있었는데, 다른 말미잘 군락에서도 간혹 한 마리씩 보이기도 한다.

세동가리돔 Brownbanded butterflyfish

세동가리돔은 수심 10미터 이내에서 주로 발견된다. 이것도 측편(몸 두께가 얇고 폭이 넓어 납작한 모양)되어 앞에서 보면 얇게 보인다. 볼 때마다 한 쌍이 같이 있었는데, 난류와 벗하여 타고 왔다면 행복한 여행이었을 것이다.

두동가리돔 Pennant coralfish

몸에 두 줄의 검은 가로띠가 있어 두동가리돔이라 불린다. 등의 지느러미가 길게 흰색으로 뻗어 있다. 비슷한 것으로 깃대돔이 있다.

나비고기 Butterfly fish

나비 모양이어서 나비고기라는 이름이 붙었다. 실제 나비고기류는 종류가 많은데 옆 사진의 것은 꼬리에 검은 띠가 있어서 꼬리줄 나비고기라 불린다. 작은 동물과 식물을 먹는 잡식성으로 보통 수심 5미터 내외에서 볼 수 있다.

거북복 Polka dot boxfish

상자처럼 통통하여 박스피시라 불리는데 몸체에 비하여 지느러미가 작고 동작이 느리다. 서귀포 앞바다에 정착해 살고 있으며 밤에도 수중에서 자주 보인다. 지느러미를 이용해 움직이는 모습이 귀여운데 이것의 유어는 노랑 바탕에 검은 점 물방울 무늬가 있어 더욱 그렇다. 복어 종류지만 살과 내장에 독이 없으며 주로 작은 조개류를 먹는다.

씬뱅이 Frog fish

씬뱅이과 물고기들은 몸 빛깔이 다양해 흰색, 빨간색을 띤 것도 있다. 보통 15미터 정도 수심에 보였으나 사진의 것은 밤중이어서 그런지 5미터 수심에 있는 감태 위에까지 기어올라와 있었다. 바닥에서 걷는 느낌으로 움직이기도 하는데 귀여운 모습과는 달리 아귀목에 속하는 아귀의 사촌쯤 된다. 머리 위에 달려 있는 미끼로 작은 고기 등을 유인하여 큰 입으로 삼키는 음흉한 고기이다.

서귀포 앞바다의 아름다운 보물, 개오지

바다 속에 살고 있는 생물은 동물이 18만 종, 식물이 2만 종으로 알려져 있다. '서귀포 앞바다에는 그중에 얼마나 살고 있을까?' 하는 궁금증을 밝히는 것은 학자들의 몫이라 생각한다. 그런데 바다와 더불어 60여 년을 살아온 ㄱ씨는 바다 속에는 육지에 있는 모든 것이 있다고 주장한다. 강원도식 오징어 낚시부터 잠수기 어업인 머구리 보조까지 안 해본 것이 없는 그는 서귀포 시가지가 커지면서 시외버스 정류장이 다섯 번 옮긴 위치까지도 아는 서귀포 토박이이다. 그가 바다 속에 모든 것이 있다고 주장하는 것은, 그가 아직 보지 못한 해상(海象, 바다코끼리), 해마(海馬), 해구(海狗, 물개) 등 미지의 세계를 감안한 과장인지는 확실하지 않다. 그러나 서귀포 바다 속에는 원생동물에서 척추동물까지 총 망라

되어 살고 있는 것은 확실하다. 그중에서 패각류로 개오지 하나만 짚어보자.

개오지

이것은 복족강腹足綱 개오지과에 해당하는 조개 종류이다. '오지'를 국어사전에서 찾아보면 '붉은 진흙을 구워 만든 도기'라고 나와 있다. 그런데 개머루, 개오동, 개살구에 쓰이는 접두어 '개'는 가짜, 야생 상태라는 의미이다. 곧 도자기처럼 아름답지만 인공물이 아닌 천연적인 오지란 뜻이다.

단단한 껍데기 안에 제 몸을 감추고, 그 위에 다시 융단에 털이 달린 외투를 뒤집어 쓰고 있다. 전복처럼 껍데기 속에만 숨어 있는 것은 껍데기 안쪽이 아름답게 마련인데, 이것은 패각을 뒤덮은 외투막의 작용으로 패각 바깥 면에 에나멜질이 덮여져 바깥쪽도 윤이 나는 것이다.

밤중에 법환포구 5미터 수심에서도 이것들을 보았으며, 범섬과 문섬 등지의 연산호에 걸터앉아 있는 것들도 자주 보았다. 낮에는 바위틈에 숨어 있다가 밤에 주로 움직이기 때문에 밤에 쉽게 볼 수 있다. 열대 바다에는 주먹만 한 것도 있으나 서귀포 앞바다에서 발견되는 몇 종류는 큰 것이 6센티미터 정도에 불과하다.

개오지는 그 아름다움 때문에 전 세계를 망라하여 가장 사랑받는 조개껍데기이다. 나도 필리핀, 일본, 하와이산 개오지 패각을 몇 개 가지고 있으나 서귀포 앞바다의 제주개오지 껍데기가 가장 아름답다고 생각한다. 제주개오지 껍데기는 밤색 영롱한 바탕에 젖빛 반점이 하늘의 별처럼 여기저기 박혀 있다. 옛날 어릴 적에 어머니와 같이 서귀포 앞 해변에 다녔던 나는 이것들을 보물고둥이라고 주워 모으던 추억이 있다. 그래서 지금도 물속에서 빈 껍데기를 보면 가슴이 뭉클하다.

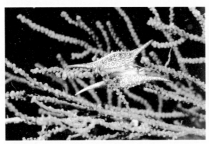 

문섬 수심 16미터에서 찍은 개오지류   문섬 한개창 수심 23미터에서 찍은 개오지류의 짝
짓기하는 모습

살아 있는 것들은 산호에 붙어 있을 때 보호색을 띠고 있어 눈에 잘 안 보이기도 한다. 또 유달리 외투막이 화려한 것도 있는데 호랑무늬 개오지 같은 것이 그렇다. 개오지들은 자기가 좋아하는 산호 종류가 있어서 그 근처에서 서식하는데, 호랑무늬 개오지는 주로 곤봉바다맨드라미에 서식한다. 이것의 패각은 타원으로 둥그런 모양에 광택이 있어 아름답고, 반대쪽 면에는 길게 구멍이 나 있는데 그것의 입술 모양으로 된 가장자리가 안으로 말려 있다. 눈금이 그어진 것처

럼 돌기가 발달해 있다.

큰수지맨드라미 등의 연산호가 많은 절벽 밑을 자세히 살펴보면 이것의 패각이 하나둘씩 보인다. 그것들을 주워 자세히 보면 그 단단한 패각에 바늘구멍보다 조금 큰 구멍이 뚫려 있다. 그것은 문어가 껍데기에 구멍을 뚫고 침샘에 있는 염산을 넣어 개오지를 죽인 후 먹은 흔적이다. 그래서 문어가 숨어 있는 굴 앞에는 유달리 개오지의 패각이 많이 보인다.

옆의 사진은 개오지와 비슷한 개오지붙이과 (Ovulidae)의 살아 있는 모습이다. 문섬 한개창 근처 수심 20미터가 넘는 깊이에 있는 연산호에 두 마리가 앉아 있었는데 그중 하나를 찍은 것이다. 문섬 남동쪽에서도 수심이 20미터 넘는 곳에 있었던 것으로 보아 이 수심에 있는 연산호에 주로 붙어 있는 것 같다. 이것은 두루마리고둥이라고 부르는데, 양쪽 끝이 뾰족한 보트 모양이어서 카누두루말이고둥이라고 적어놓은 책도 있다. 이렇게 조개껍데기의 모양도 천차만별이듯 바다 속에는 갖가지 진귀한 모양의 생물들이 어우러져 살고 있다.

연산호에 붙어사는 카누두루말이고둥. 양쪽 끝이 뾰족한 보트 모양이다.

신비한 물고기의 맛

바다 속에 사는 고기들을 낚는 것이 일 년 내내 가능한 것은 아니다. 수온이 낮아지면 입질을 안 하는 어종도 있기 때문이다. 전통적으로 서귀포의 낚시철은 여름인데 독가시치, 돌돔, 감성돔 등 대부분의 낚시는 장마철이 지나며 낚시 시즌이 형성된다. 물론 황돔이나 긴꼬리벵에돔처럼 가을부터 봄까지 잡히는 어종도 있고, 방어 종류들처럼 겨울(11월~2월)에 집중적으로 잡히는 것도 있다. 또 벤자리는 여름이 오기 전인 5월에 많이 잡힌다.

다금바리는 9월에서 12월에 이르는 가을이 낚시 시즌이다. 보통은 맛있는 철과 잘 낚이는 때가 같다고 볼 수 있다. 낚이지 않으면 맛이 의미도 없을 테고, 사실 고기의 식욕이 왕성한 때가 그것이 살쪄 있고 맛도 좋은 시기이기 때문이다. 그래서 방어는 겨울, 벤자리는 장마철 초여름에 많이 잡히고 맛도 좋다.

맛이라는 것은 참 신비한 것이다. 양식한 생선보다는 자연산(천연산)이 맛있고, 또 똑같이 자연산이라 하더라도 갑자기 죽은 고기가 오랫동안 수조에 넣어 스트레스를 받은 고기보다 맛있다. 스트레스를 받으면 체색이 변하는 고기가 있듯이 고기의 단백질 구조가 바뀌는 것이 그 원인이라 한다.

또한 계절에 따라서도 맛이 다르다. 자리돔은 산란하기 전이 기름지고 맛있다. 그에 해당되는 계절은 보통 보리를 수확하는 초여름이다. 더위가 시작할 때 잡은 자리돔을 툭툭 썰어 적당하게 양념해서 물회를 만든다. 그것에 제피낭(초피나무) 잎을 훑어 넣고 식초를 조금 풀면 맛이 그만이다.

한여름 더운 날 서귀포 부두 노천식당의 한치회 또한 계절과 잘 어울리는 먹을거리이다. 갈치가 맛있는 시기도 초여름이다. 물론 이 얘기는 서귀포에서 그렇다는 것이니 지역마다 다를 수 있다. 돌돔은 7월이 지나서 한여름이 제철이고 이와 반대로 황돔은 여름에 푸석푸석하고 겨울에 맛있다고 한다. 다금바리는 10월 이후 가을에 맛있는 고기로 사람들 입에 오르내린다.

겨울에 주로 먹는 것은 복이다. 맹독이 있어 잘못 먹으면 입술부터 마비되면서 온몸으로 독이 퍼져 사람의 목숨을 앗아가기도 하지만, 겨울 복국과 복어회는 최고의 맛이 아닌가. 양식한 복은 종류에 상관없이 독이 없지만 자연산 복어의 독성은 산란 전에 더 강하다. 복 중에서도 종류에 따라 독의 강약이 차이나는데 맛도 그렇다. 맛있는 것은 귀하고 비싸게 마련인데 으뜸은 호랑이무늬가 있는 참복이다.

한겨울 눈이 펑펑 오는 날, 뜨거운 복국을 후루룩 먹는 장면을 상상해보라. 또 보통의 두껍게 썬 생선회와는 달리 종잇장처럼 얇게 저민 복회는 입에서 살살 녹는다. 복어가 덜 싱싱하다 싶으면 미나리 등의 야채를 넣어 끓인 물에 살짝 데쳐 먹어도 맛있다. 은복은 서귀포, 참복(자주복)은 한림과 성산포가 주산지로 알려져 있다.

로그북

로그북(logbook)은 항해일지를 말한다. 종이가 없던 오래전에 통나무(log)를 자른 면에 기록했던 연유로 로그북이란 이름으로 불린다. 나는 로그북을 쓰지 않다가 2004년부터 기록하기 시작했는데 다이빙(잠수)에 유용할 뿐 아니라 다이빙이 더욱 풍부해졌다.

로그북 01

Dive Record 잠수일지 기록란

Date 일 시	2005 년 Year	1 월 Month	8 일 Day ( )	Total Dive No 총잠수횟수	92 th 회 ( )	Location 장 소	지귀도 / 외돌	Total Dive Time 총잠수시간	min 분

| Weather 날 씨 | ☐ ✓ ☐ ☐ ☐ | Temperature 기온 | ✓ ℃ | UW Temperature 수온 | 17 ℃ |

| Current 조 류 | ☐ ✓ ☐ ☐ ☐ | Waves 파 도 | ✓ |

| Visibility 시 야 | ☐ ✓ ☐ ☐ ☐ | Dive Type 잠수형태 | 보트다이빙 |

| Suit Type 잠수복종류 | ☐ 습 식(Wet) ☐ 건 식(Dry) | Weight 중량납 | 12 kg | Result of Wearing 착용결과 |

| In Time 입수시간 | 11:01 | Out Time 출수시간 | 11:32 | Bottom Time 잠수시간 | 31 min 분 |

| Tank Pressure 공기통압력 | bar / psi | Tank Pressure 공기통압력 | bar / psi | Deco Time 감압시간 | min 분 |

| Max Depth 최대잠수수심 | 24 m | Deco Depth 감압수심 | m |

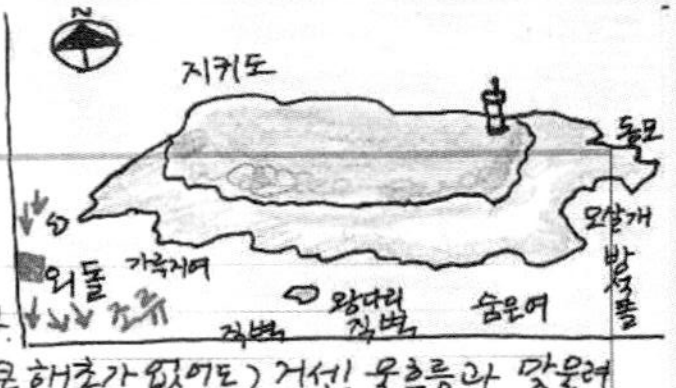

잠수시간 (분) Dive Time/min
0 3 6 9 12 15 18 21 24 27 30 33 36 39 42 45 48 51 54 55 60

수 심 (M) (Depth)

감수 감정 (Dive Profile)

Instructor Name 강사이름 강 일 찬

Buddy Name 짝이름

Sign 서 명

추억 만들기

거북 Surgeon fish

(handwritten dive journal notes in Korean)

memo 추억 만들기

섬섬

파조하 섬섬 (handwritten map and notes)

35.6 m

24m

19m

Dive Record 잠수일지 기록란

Date 일시	2005 년 Year / 월 30일 Month Day
Total Dive No 총잠수횟수	81 th 회
Location 장소	섬섬
Weather 날씨	✓
Temperature 기온	
UW Temperature 수온	16 ℃
Current 조류	✓
Waves 파도	✓
Visibility 시야	✓
Dive Type 잠수형태	✓
Suit Type 잠수복종류	습식(Wet) □ 건식(Dry) □
Weight 중량납	12 kg
Result of Wearing 착용결과	
In Time 입수시간	11:07
Out Time 출수시간	11:32
Tank Pressure 공기통압력	bar psi
Tank Pressure 공기통압력	bar psi
Bottom Time 잠수시간	25 min 분
Max Depth 최대잠수수심	35.6 m
Deco Time 감압시간	min 분
Deco Depth 감압수심	m

Total Dive Time 총잠수시간   min 분

Total Dive No 총잠수횟수 13월 12개월반

관개창

잠수 깊이 (米) (Depth)

잠수시간 (분) (Dive Time(min))

잠수 곡선 (Dive Profile)

Instructor Name 강사 사인	홍 양 남
Buddy Name 짝의 이름	서

로그북 03

새끼섬

문섬

추억 만들기

memo

Violet soft coral garden

2005. 5. 15. 문섬

Nikonos V 15mn + SB105

Dive Record
잠수일지 기록란

Total Dive No 총잠수횟수	**130** th 회	Total Dive Time 총잠수시간	min 분

| Date 일시 | **2005**년 **5**월 **15**일 | Location 장소 | **문섬 / 새끼섬** |

| Weather 날씨 | ✓ ☀ ☁ ☂ ☃ | Temperature 기온 | °C |
| | | U/W Temperature 수온 | **17** °C |

| Current 조류 | ✓ | Waves 파도 | |

| Visibility 시야 | ✓ **12m↑** | Dive Type 잠수형태 | |

| Suit Type 잠수복종류 | ✓ 습 식(Wet) 건 식(Dry) | Weight 중량벨트 | **12** kg |
| | | Result of Wearing 착용결과 | |

In Time 입수시간	**10:26**	Out Time 출수시간	**11:13**
Tank Pressure 공기통압력	bar psi	Tank Pressure 공기통압력	bar psi
Max Depth 최대잠수수심	**18.2** m	Bottom Time 잠저시간	**47** min 분
Deco Depth 감압수심	m	Deco Time 감압시간	min 분

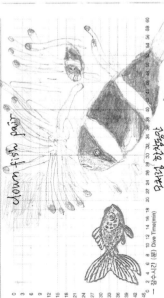

clown fish pair

잠수 프로필 (Dive Profile)

Buddy Name 짝이름: **F. Simone**

Sign 서명

주억 만들기

^{name} Soft coral garden

포인트이기
범섬 외벽
(위: 물고기)

범석

Dive Record
잠수일지 기록란

Date 일시	2005_년 6_월 5_일
Total Dive No 총잠수횟수	140 th 회
Total Dive Time 총잠수시간	min 분
Location 장소	범섬앞 / 산호동산
Weather 날씨	
Temperature 기온	UW Temperature 수온 20 ℃ (?)
Current 조류	
Waves 파도	中 - 中 - 下
Visibility 시야	
Dive Type 잠수형태	Boat diving
Suit Type 잠수복종류	건 水(Dry) □ / 습 水(Wet) ✓
Weight 중량납	kg
Result of Weating 착용결과	
In Time 입수시간	10:13
Out Time 출수시간	10:45
Tank Pressure 공기통압력	bar / psi
Bottom Time 잠수시간	32 min 분
Max Depth 최대잠수심	20.9 m
Deco Depth 감압잠수심	m
Deco Time 감압시간	min 분

잠수 프로필 (Dive Profile)

Instructor Name 강사이름 / Sign 서명

Buddy Name 짝의이름 / Sign 서명

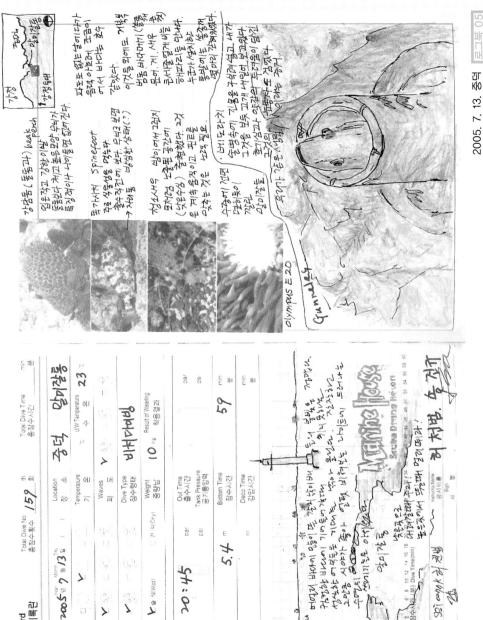

olympus E20

Grunneled

Dive Record 잠수일지 기록란

Total Dive No 총잠수횟수 **159** th 회

Date 일 시	2005 년 7 월 13 일
Location 장 소	중덕 입어장볼
Weather 날 씨		Temperature 기 온	수 온 **23** ℃ UW Temperature
Current 조 류		Waves 파 도
Visibility 시 야		Dive Type 잠수형태	비치다이빙
Suit Type 잠수복종류	건 식(Dry) 습 식(Wet)	Weight 중량벨트 **10** kg	Result of Weating 적중결과
In Time 입수시간 **oc : 54**	Out Time 출수시간
Tank Pressure 공기통압력 bar psi	Tank Pressure 공기통압력 bar psi
Max Depth 최대잠수수심 **5.4** m	Bottom Time 잠수시간 **59** min 분
Deco Depth 감압수심 m	Deco Time 감압시간 min 분

가장돔 (돌돔과) beak Perch
뭐가서 spinefoot

수심 水深 水深 深 (M) (Depth)
잠 수 프 로 필 (Dive Profile)

Manta House
Scuba Diving Resort

Instructor Name 강사이름

Buddy Name 짝 이름 서 명 Sign

Total Dive time(분)

2005. 7. 30. 범섬

범섬

새끼섬

memo

주어 만들기

물통 만나 기둥이 없수다.

뱃줄	5mm
끝산살줄	5mm
맞줄의 종류	2mm
낚시의 종류	8mm
가장줄	10mm
둘러치줄	5mm
낚시주거지	6~7mm
내림줄	10mm
거동	4~5mm
줄묶음	3mm
줄무리	4mm

Nikonos V 15mm + SB 105

Dive Record
잠수일지 기록란

일 시 Date	2005	Year	7월 Month	3일 Day	Total Dive No 총잠수횟수 171 th 회	Total Dive Time 총잠수시간 ___ min 분

		Location 장소	범섬
씨 Weather		Temperature 기온	
조 류 Current		Waves 파도	
시 야 Visibility		UW Temperature 수온	21 °C
잠수복종류 Suit Type	□ 습 식(Wet) □ 건 식(Dry)	Dive Type 잠수형태	
		Weight 중량납	
		Result of Wearing 착용결과 ___ Kg	

In Time 입수시간	15:16	Out Time 출수시간	___ bar / psi
Tank Pressure 공기통압력	___ bar / psi	Tank Pressure 공기통압력	___ bar / psi
Max Depth 최대잠수심	19.5 m	Bottom Time 잠수시간	38 min 분
Deco Depth 감압수심	___ m	Deco Time 감압시간	___ 분

잠 수 행 적 (Dive Profile)

수 심 (M) (Depth)
잠수시간 (분) Dive Time(min)

최대 19m

Instructor Name 강사이름
Sign 서 명
Buddy Name 짝이름
Sign 서 명

Marine House

2006. 1. 15. 섬섬

Dive Record
잠수일지 기록란

Date 일시	2006 년 / 월 1/15 일 Day	**Total Dive No** 총잠수횟수 242 th 회
Location 장소	섬섬	**Total Dive Time** 총잠수시간 ___ min 분
Weather 날씨		**Temperature** 기온 ___ ℃ 온
Current 조류		**U/W Temperature** 수온 16 ℃ 온
Visibility 시야		**Waves** 파도
		Dive Type 잠수형태 Boat diving
Suit Type 잠수복종류 □습식(Wet) □건식(Dry)		**Weight** 웨이트 12 kg **Result of Wearing** 착용결과 OK
In Time 입수시간 17:51	**Tank Pressure** 공기통압력 ___ bar ___ psi	**Out Time** 출수시간 ___ **Tank Pressure** 공기통압력 ___ bar ___ psi
Max Depth 최대잠수수심 25.0 m		**Bottom Time** 잠수시간 32 min 분
Deco Depth 감압수심 ___ m		**Deco Time** 감압시간 ___ min 분

(Dive Profile) 잠수 곡선

사진기 Nikonos RS
45.6 / 60sec. 5/8 20m

Horse mackerel
4~7월성어기
멸치 Anchovy

생명체 Dascyllus trimaculata tus 수심 18m

Buddy Name 짝이름 ___ **Sign** 서명 ___

Instructor Name 강사이름 ___ **Sign** 서명 ___

memo 추억 만들기 생명체의 분포.

주의 만들기 신중을 기함

데이트는 음력을 무시할수없다
(lunar cycle이 산도로 깊고)
이 diving이 기가막히게 예민함을 느낀다.

memo 으름솔

Dive Record 잠수일지 기록란

Date 일시	2006년 / 1월 28일
Total Dive No 총잠수횟수	247 th 회
Total Dive Time 총잠수시간	min 분
Location 장소	문섬 / 한개창
Weather 날씨	✓
Temperature 기온	
U/W Temperature 수온	15 ℃
Current 조류	✓
Waves 파도	
Visibility 시야	✓
Dive Type 잠수형태	
Result of Wearing 착용결과	
Suit Type 잠수복종류	건식(Dry)
Weight 중량납	12 kg
In Time 입수시간	11:52
Out Time 출수시간	
Tank Pressure 공기통입력	3000 psi → 400 psi
Bottom Time 잠수시간	36 min 분
Max Depth 최대잠수수심	30.1 m
Deco Depth 감압잠수심	

잠수항적 (Dive Profile)

모자반
Sargassum fulvellum

1.28 Nikonos RS 13mm

Instructor Name 감사이름 Sign 서명
Buddy Name 짝이름 Sign 서명

Dive Record
잠수일지 기록란

Total Dive No 총잠수횟수 310 th 회 | Total Dive Time 총잠수시간 ____ min 분

Date 일 시	2006 Year 년 9 Month 월 4 Day 일 ( )	Location 장 소	범섬 / 새끼섬
Weather 날 씨	✓	Temperature 기 온	℃ U/W Temperature 수 온 27 ℃
Current 조 류	✓	Waves 파 도	✓
Visibility 시 야	✓	Dive Type 잠수형태	
Suit Type 잠수복종류	✓ 습 식(Wet) □ 건 식(Dry)	Weight 중량납	8 kg Result of Wearing 착용결과
In Time 입수시간	09:11 bar	Out Time 출수시간	bar
Tank Pressure 공기통압력	psi	Tank Pressure 공기통압력	psi
Max Depth 최대잠수수심	31.4 m	Bottom Time 잠수시간	33 min 분
Deco Depth 감압수심	m	Deco Time 감압시간	min 분

오늘부터 칠십리 다이빙 이용하다. (自家)
J와 두사람의 diving fee

1. 공기통 5,000 × 4 = 20,000
2. 배삯 왕복
 20000/2인
 (범환도구 오천원)
3. 물 1000

Total 41,000원 ÷ 2 = 20,500원

NikonosRS 13mm

45 0 2 4 6 8 10 12 14 16 18 20 22 24 26 28 30 32 34 36 38 40 42 44 46 48 50 52 54 56 58 60
→ 잠수시간 (분) Dive Time(min)

Buddy Name 짝 이 름 | Sign 서 명 조성관 (서명)
Instructor Name 강사 이 름 | Sign 서 명

주억 만들기 Stranger in the underwater

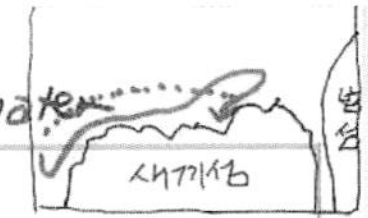

memo
잔잔하기만 한 범섬 새끼섬의 파식대 (테라스)는 우리 두사람의 전용 장소가 되었다. 서쪽끝에서 돌아서 간곳까지 수면 이동한후 입수하는데 코발트빛 물속에는 금강 바리가 자리돔에 섞여 우리를 환영하는듯 하다. 앞으로 내려가서 30m 이상되는 바닥까지 환하게 비친다. 이른바 새끼섬의 직벽을 오른쪽에 끼고 동쪽으로 가는데 아직 설움은 우리를 떠미는듯 하다. 해결되지못한채 막연한 기대의 육지에서 현실인가. 내몽상태인가 얼핏 현기증이 나는듯. 작은 참치떼들이 스쳐가는데

2006. 9. 4. 범섬

로그북 09

Nikonos RS 13mm

2007. 1. 14. 섬섬

로그북 10

추억 만들기

Dive Record
잠수일지 기록란

Date 일시	Year 년 2007 Month 월 1 Day 일 14	Total Dive No 총잠수횟수 362 th 회	Location 장소 회이원(왼쪽)	Total Dive Time 총잠수시간 min 분
Weather 날씨		Temperature 기온 °C		UW Temperature 수온 7 °C
Current 조류		Waves 파도		Dive Type 잠수형태
Visibility 시야		Suit Type 잠수복종류 □건식(Dry) □습식(Wet)	Weight 중량납 12 kg	Result of Wearing 착용결과

In Time 입수시간 10:34	Tank Pressure 공기통압력 bar psi	Out Time 출수시간	Tank Pressure 공기통압력 bar psi
Max Depth 최대잠수수심 27.2 m		Bottom Time 잠수시간 30 min 분	
Deco Depth 감압수심 m		Deco Time 감압시간 min 분	

Buddy Name 짝 이름
Sign 서 명

Instructor Name 감사이름
Sign 서 명

잠수곡선 (Dive Profile)

누두룰 3

역사자료

역사를 읽으면서 가슴 뛰던 소년 시절이 있었다.

나이가 들어서도 그러하였으니,

역사는 우리들과 같은 불안하고 불완전한 인간이 만들어갔기 때문일 것이다.

그래서 신화에 비해 감동을 주는 것이다.

서글픈 지난날의 역사도 오늘에 와서 그리움이 되는 것이니.

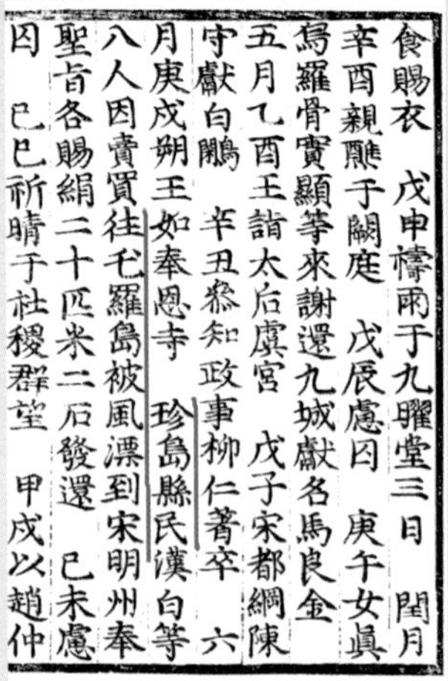

食賜衣 戊申禱雨于九曜堂三日 閏月
辛酉親醮于闕庭 戊辰慮囚 庚午女眞
烏羅骨實顯等來謝還九城獻名馬良金
五月乙酉王詣太后虞宮 戊子宋都綱陳
守獻白鵬 辛丑叅知政事柳仁著卒 六
月庚戌朔王如奉恩寺 珍島縣民漢白等
八人因賣買往乇羅島被風漂到宋明州奉
聖旨各賜絹二十匹米二石發還 己未慮
囚 己巳祈晴于社稷群望 甲戌以趙仲

1. 표류기록(『고려사』 권13, 예종 8년)

“진도 사람이 제주도(모라)를 오가다가 풍파에 표류하여 송의 명주에 닿음.”

『고려사』 : 조선 세종–문종 때 편찬한 기전체 고려 역사서.

十月幸鎬京齋祭赦流罪以下蠲田租一年沿路
州縣半之加國內神祇勳號 ○ 城興化鎭報蔚
珍縣 是歲鎬京地震 ○ 耽羅瑞山湧出海中
遣大學博士田拱之往視之耽羅人言山之始出
也雲霧晦冥地動如雷凡七晝夜始開霽山高可
百餘丈周圍可四十餘里無草木煙氣羃其上望
之如石硫黃人恐懼不敢近拱之躬至山下圖其
形以進
戊申 十一年(宋大中祥符元年 契丹統和二十六年) 春三月賜孫元
仙等九人明經二人及第 ○ 冬十月幸鎬京 城

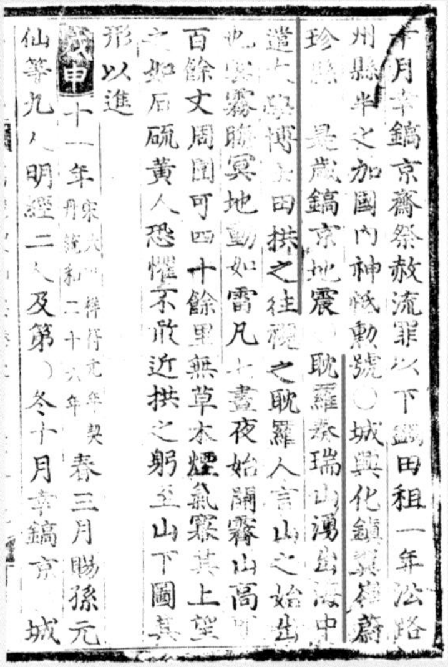

2. 제주도 화산활동 기록(『고려사절요』 목종 10년 10월)

“탐라 서산이 바다에서 용출하니 대학박사 사공지를 파견했다.”

『고려사절요』 : 조선 문종 때(1452년) 편찬한 편년체 역사서.

時往返其弊不小又靜海鎭軍馬及牧場兼任數多職員率其
無知之輩軍馬考察依憑侵民作弊或無時畋獵掠擾殘民牧
使判官亦未知其故宜得考察是積年巨弊宜於東西道各置
縣監以才兼文武公廉正直者差下牧場兼任使之東西靜海
鎭軍馬考察固守亦察其所管牧場內馬匹孳長數多職員牧
子看養能否以判官兼差安撫使道首領官安撫使同首領官
依他道監司例巡行守令勤慢考察褒貶施行移報吏曹則是
長治久安之策也願自今本邑則屬以東道新村縣咸德縣金
寧縣西道貴日縣高內縣厓月縣郭支縣歸德縣明月縣東道
縣監以旌義縣爲本邑屬以兎山縣狐兒縣洪爐縣等三縣西
道縣監以大靜縣爲本邑屬以猊來縣遮歸縣等二縣而兩處
縣監如有公事不敢獨斷則以安撫使議送決絶後辭緣擧
呈報以憑黜陟若進上馬匹刷出及年例馬籍等事縣監以所
管馬匹齒毛色呈報安撫使巡行親監考察施行所管軍官軍
人內千戶百戶則以差定年月久近差等縣監分揀呈報安撫

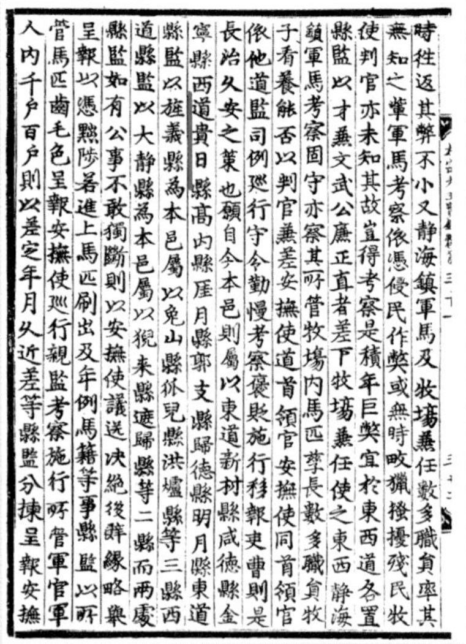

3. 정의현 설치의 기록(『태종실록』 16년 5월)

『태종실록』 : 조선 태종 재위 18년 동안의 (1401~1418년) 역사 기록.

獻諸大明只送馬三百匹　丁亥以林密察
斌言擢館伴曹敏修洪尚載爲密直又拜斌
妓父爲郎將　戊子林密等白王曰濟州馬
不滿二十數則帝必戰吾輩請今日受罪於
王王無以對遂議伐濟州已丑命門下贊成
事崔瑩爲楊廣全羅慶尚道都統使密直提
學廉興邦爲都兵馬使三司左使李希泌爲
楊廣道上元帥判密直司事邊安烈爲副元
帥兵知門下事金庚爲三道助戰元帥兼
其道兵知門下事金庚爲三道助戰元帥兼
西海交州道都巡問使往討之戰艦三百十
四艘銳卒二萬五千六百有五
[教曰]耽羅國
於海中世修職貢垂五百載近牧胡石迭里
必思肖古禿不花觀音保等殺戮我使臣奴
婢我百姓罪惡貫盈爾殺爾節鉞往督諸軍
剋期盡殲又以門下評理柳濯爲楊廣道都

[高麗史卷四十四　三二一]

4. 최영의 제주 정벌(「고려사」 권44, 공민왕 23년 7월)
"최영을 양광·전라·경상도 도통사로, 염흥방을 도병마사로, 삼사좌사 이희필을 양광도 상원수로 (중략) 임명하였다. 최영 등은 큰 전함 314척과 예졸(병사) 25,605명을 거느리고 원정에 나섰다."
「고려사 열전」에도 전말이 자세하게 기록됨.

牧使　判官　教授　[人各一]
郡名　耽羅　毛羅　耽毛羅　東瀛洲
姓氏　本州　高良夫文
風俗　民俗癡儉有禮讓　民俗無寃枉寡處男
朴林俞周趙宋鄭洪徐崔吳車池韓馬
趙李石肖姜鄭張宋周秦　梁安姜　金李

[六六二]

5. 과거 제주도 이름 탐라(「신증동국여지승람」 662쪽)
「신증동국여지승람」: 조선 중종 때 「동국여지승람」을 증보하고 개정한 인문 지리서.

213

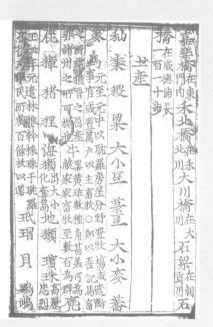

6. 조선시대 진상의 흔적(『제주계록』 함풍 6년)

진상이 미비하여 황공한 죄. 함풍 6년은 1856년.

『제주계록』 : 제주에 온 목사가 남긴 기록.

7. 제주도의 해산물 기록(『탐라지』 토산)

"전복(鰒), 모시조개(黃蛤), 옥돔(玉頭魚), 은어(銀口魚), 상어(鮫魚),

갈치(刀魚), 고등어(古刀魚), 멸치(行魚), 문어(文魚)" 등의 기록이 보인다.

『탐라지』 : 1653년 이원진이 펴낸 제주읍지.

8. 서귀포 수전소의 언급(『신증독국여지승람』 673쪽)

서귀포 수전소가 언급되어 있고 아울러 서귀포 방호소 성의 둘레는 161척,
높이는 5척이라고 명기되어 있다.

9. 서귀포 앞바다 섶섬의 명기(『신증동국여지승람』 671쪽)

"섶섬은 높고 험하여 사람이 다닐 수 없다."라고 써 있다.